Viktoria Klein

Verhängnisvoller Duft

Bibliografische Information der Deutschen Nationalbibliothek:

Die Deutsche Nationalbibliothek verzeichnet diese Publikation in der Deutschen Nationalbibliografie; detaillierte bibliografische Daten sind im Internet über http://dnb.dnb.de abrufbar.

© 2017 Viktoria Klein

1. Auflage 2017

Covergestaltung: Benjamin White – mhcX - Medienagentur

Lektorat/Korrektorat:

Elsa Rieger

Herstellung und Verlag: BoD Books on Demand

Norderstedt

ISBN 9783746050096

Viktoria Klein

Verhängnisvoller Duft

Die Autorin:

Viktoria Klein hat seit 63 Jahren ihre Wurzeln in Schleswig-Holstein. Beruflich arbeitete sie in verschiedenen Branchen im Sekretariat. Schreiben war schon immer ihre Leidenschaft, der sie aber erst seit einigen Jahren öffentlich frönt.

Ihre Romane sind thematisch in der Gegenwart angesiedelt und haben ihren eigenen Stil, dem immer ein Hauch Romantik, Liebe und Abenteuer anhaftet.

1.Kapitel

Ich bin Parcifal Wingenfelder. Es ist kurz vor Weihnachten und ich sitze an meinem Schreibtisch und bearbeite noch einige Steuererklärungen meiner Klienten. Mein Schreibtisch steht rechts vor einem großen Kamin, in dem ein gemütliches Feuer prasselt.

Die Arbeit will mir nicht recht von den Händen gehen, ich bin unkonzentriert. Der Grund sind meine Frau und meine beiden Kinder, die an einem großen Esstisch sitzen und basteln. Strohsterne und andere Kuriositäten für den Tannenbaum. Dinge, die sie tagsüber in dem uns umgebenden Wald gesammelt haben. Ihr verhaltenes Geplauder, um mich nicht bei der Arbeit zu stören, lässt mich die Ohren spitzen, denn ich möchte nichts von dem, was sie sagen, verpassen. Meine wunderschöne Frau lacht leise, wirft mir einen Blick zu, den ich sofort spüre und erwidere. Mein zehnjähriger Sohn Frederick streckt gerade vor lauter Eifer die Zunge zwischen den leicht geöffneten Lippen hervor, entzückend schelmisch sieht er aus. Meine sechsjährige Joline ist noch nicht ganz so geschickt und betrachtet ärgerlich ihren Tannenzapfen. Er will so gar nicht das tun, was er tun soll. Es ist mir nicht möglich, den Blick von der Familie zu lösen, die zu mir gehört, und ich fühle gerade so viel Liebe für diese Menschen, dass mir die Augen feucht werden. Dass ich mit beinahe sechzig Jahren zu so großem Glück gekommen bin, kann ich manchmal gar nicht fassen. Ich weiß, ich werde gerade etwas melancholisch.

»Parcifal, bitte könntest du noch ein Stück Holz in den Kamin schmeißen?«, höre ich meine Frau und stehe auf, lächle ihr zu, stochere mit dem Kaminhaken ein wenig in der Glut herum und schichte zwei weitere Scheite auf.

Es knistert und funkt und ich stehe da und starre in die Glut. Und dieser Moment am Kamin erinnert mich an eine Geschichte aus meiner Vergangenheit, die mich immer wieder einholt, mir immer wieder

Albträume beschert. Und mich dennoch immer wieder daran erinnert, welches unbeschreibliches Glück ich mit dieser Familie habe. Denn vor Jahren hätte ich es mir niemals vorstellen können, dass mir so etwas jemals zuteilwerden könnte. Mir wird wehmütig ums Herz und ich erinnere mich an eine Zeit, als ich noch jünger war. Und wenn ich jetzt meine Familie ansehe und tiefe Dankbarkeit empfinde, spüre ich Erleichterung. Vielleicht sollte ich meine Geschichte einfach aufschreiben. Für meine Familie. Die Kinder sollen irgendwann erfahren, was ich für eine Vergangenheit zu bewältigen hatte. Bis jetzt war es mir kaum möglich gewesen, überhaupt darüber zu reden. Es war alles so unsagbar peinlich. Doch heute meine ich, ich sollte alles zu Papier bringen. Das sieht ja erst einmal keiner.

Als es ruhig im Haus wird, alle schlafen, setze ich mich wieder an den Schreibtisch, öffne ein neues Dokument und beginne zu schreiben. Die Passagen, die ich über meine Freunde zu dem Geschehen von damals niederschreibe, weiß ich anhand vieler Gespräche mit ihnen. Ich werde versuchen, sie so detailliert wie möglich wiederzugeben. Aber da alles in mir noch schrecklich lebendig ist, brauche ich mich nicht sehr anstrengen, wie ich gerade bemerke.

2. Kapitel

Die Geschichte begann an einem ganz normalen Wochentag Anfang April vor vierzehn Jahren. Ich öffnete die Haustür, atmete dreimal tief ein und aus und trat auf meinen Seesteg hinaus. Die morgendliche Brise kräuselte das dunkle Wasser. Nebelschwaden tauchten das gegenüberliegende Ufer des Sees in einen undurchsichtigen Horizont.

Ich reckte mich, lief ans Ende des Stegs und hechtete nackt wie ich war ins Wasser. Der Schock des kalten Wassers erfrischte mich. Das war ich gewohnt. Seit Jahren nahm ich jeden Morgen dieses Bad zu jeder Jahreszeit. Ich war Brustschwimmer und trieb mich mit kräftigen Stößen voran. In der Mitte des Sees drehte ich um. Bis ans andere Ufer kam ich um diese Jahreszeit nicht.

Als ich das einmal versuchte, wäre ich beinahe ertrunken, denn die Kälte lähmte sogleich meine Glieder. Das Blut gefror. Das Gehirn sandte keine funktionierenden Informationen mehr an die Muskeln.

Nun, an diesem Tag im April stießen meine Füße auf halbem Weg zurück an etwas Hartes. Nichts Kleines, etwas Großes. Meine Zehen tasteten. Ein kurzer Schauer durchrann mich. Ich legte mich auf den Rücken, ließ die Beine abwärts hängen und schob den Gegenstand Richtung Seemitte, um ihn loszuwerden. Vergaß ihn.

Ohne Bodenhaftung schwang ich mich nur mit der Kraft meiner Arme wieder auf den Steg empor. Darauf war ich stolz. Das konnte nicht jeder. Mein Arbeitskollege Holger schaffte das nicht. Ich verharrte, schnaufte durch und mein Blick schweifte noch einmal über das Wasser. Der kalte Wind zwang mich aber bald ins Haus. Ich rubbelte mich mit einem harten Handtuch lange trocken, zog mich an und stockte. Sollte ich noch einmal im Keller nach dem Rechten sehen? Ein Blick auf meine Armbanduhr und ich entschied mich dagegen. Ich war spät dran. Ich schwang mich auf mein

Fahrrad und radelte über sich immer wieder verzweigende Waldwege in die nächste Kleinstadt.

Vor einem alten Backsteinbau mit gläsernem Vorbau stellte ich das Rad ab, verschloss es mit drei starken Schlössern und trat ein.

»Guten Morgen, Frau Rose. Urlaubsvertretung?«, fragte ich die ältere Dame hinter dem Empfangstresen. Am liebsten hätte ich gar nichts gesagt, aber das wäre unhöflich gewesen.

Frau Rose nickte. »Ja, Herr Wingenfelder. Frau Glantz ist ja in Urlaub und da muss ich wieder mal einspringen.«

Nach diesem Satz wäre ich am liebsten geflüchtet. Denn Isabel Glantz war nicht in Urlaub. Sie war … Ihr werdet es gleich erfahren.

»Sie würden wohl auch lieber ihre Rententage genießen», würgte ich noch hervor.

»Ach, hin und wieder mal ein bisschen arbeiten, stört mich nicht. Das ist eine nette Abwechslung zu meinem Alltagstrott.«

Ich nickte ihr zu und wandte mich Richtung Treppenhaus. Den Fahrstuhl benutzte ich selten. Ich wollte fit bleiben. Im dritten Stock ging, nein eher, kroch ich bedrückt den langen Flur entlang und öffnete die Tür mit der Aufschrift ‚Zimmer 327‘. Ich betrat mein Büro und setzte mich an den linken Schreibtisch. Holger Heitmann, mein Gegenüber, Kollege und Freund, war noch nicht da. Eine gute Gelegenheit, sich seinen Aktenstapel anzusehen.

Ich schlug die Aktendeckel auf und überflog die Steuererklärungen der Bürger. Bei der sechsten Akte verharrte ich, studierte sie genauer und nahm sie an mich. Sie landete in meiner obersten Schreibtischschublade. Dann wandte ich mich meinen eigenen Stapeln zu.

Die Bürotür öffnete sich, Holger trat ein. »Moin, Parcifal. Schon fleißig? Habe dir einen Kaffee mitgebracht«. Er grinste.

»Moin, danke. Den kann ich gut gebrauchen.« Ich nahm ihm den To-Go-Becher ab und schlürfte das noch heiße, starke Gebräu.

»Bist du heute geschwommen? Es ist ganz schön kalt.« Demonstrativ rieb er sich die Hände.

»Aber natürlich«, entgegnete ich. »Die Runden werden mit fortschreitender Kälte lediglich kürzer. Ansonsten ändert sich nichts.«

»Unser Schachspiel gestern Abend war ja nicht sehr ergiebig«, sagte er. »Du siehst schlimm aus. War wohl ein bisschen viel von dem Gin?«

»Ja.«

»Du siehst aus, als hättest du die ganze Nacht durchgehurt.«

»Du weißt, dass ich solche Kommentare nicht mag.« Manchmal ärgerte ich mich über Holgers derbe Ausdrucksweise und musste ihn in die Schranken weisen. Leider half es nur selten. Heute nicht, wie ich an seiner Antwort merkte.

»Einen ordentlichen Fick in Ehren kann niemand verwehren.« Er feixte anzüglich.

Hin und wieder zog er mich mit meinem Einsiedlerleben auf. So hatte er mir zum Geburtstag mal eine selbst gebastelte Wundertüte mit Kondomen geschenkt und mir im Internet eine aufblasbare Gummifrau bestellt, die ich in der Stadt in einem Müllcontainer entsorgt hatte.

»Du weißt, dass ich die Frauen achte«, versuchte ich es erneut. »Ich mag solches Gerede nicht. Ich bitte dich, das zu lassen. Widmen wir uns den Akten. Dafür werden wir schließlich bezahlt.«

Ich merkte, wie er mich beobachtete. Schon tönte es: »Du hast doch auch Triebe. Machst du es dir selbst?«

»Ist gut jetzt. Was ist mir dir los?« Ich spürte, dass ich errötete.

Er beugte sich zu mir über den Tisch, flüsterte anzüglich: »So eine kleine Gespielin immer zur Hand, wäre das nicht ein Traum?«

»Sag mal, spinnst du? Lass mich in Ruhe! Ich glaube fast, du hast gestern zu tief ins Glas geschaut.«

»Ja, ja. Suff und Puff. Das sind schon zwei Dinge, die einen Mann um den Verstand bringen können.«

Ich starrte ihn an und schwieg. Holger schien heute merkwürdig drauf zu sein. Und ich merkte, dass sein dummes Gelaber mich nervte und irgendwie verärgerte. Den restlichen Tag vertiefte ich mich in meine Arbeit und schwieg beharrlich.

Gegen siebzehn Uhr fuhr ich meinen Computer herunter. »Schönen Feierabend, Holger. Ich muss los. Ich muss noch einige Besorgungen machen.«

Holger sah auf. »Besorgungen machen nennst du das? Cooles Wortspiel.«

Ich betrachtete ihn verständnislos, winkte kurz und ließ die Tür sanft ins Schloss fallen.

Holger grinste indessen hämisch vor sich hin und ließ den gestrigen Abend Revue passieren.

Nachdem er bei Parcifal eingetroffen war, hatte er zwei Gläser aus dem Schrank genommen, mit seinem mitgebrachten Gin gefüllt und zugesehen, wie Parcifal sein Glas in einem Zug leerte. Er hatte gestaunt. »Du hast aber heute einen Zug am Leib. Wenn deine Züge beim Schachspiel nachher genauso runtergehen, muss ich mich ja auf was gefasst machen.«

Er hatte Parcifals Glas nachgefüllt. Der hatte sofort wieder einige Schlucke getrunken.

»Parcifal, was ist los? Du siehst krank aus. Hast du dir was eingefangen?«, scherzte er.

»Ich … nein, nein, alles gut. Komm, lass uns ins Wohnzimmer gehen und uns dem Schachspiel widmen.«

Nach einer halben Stunde öffnete Holger die zweite Flasche und schenkte Parcifal nach, der unkonzentriert und gleichgültig seine Figuren zog. Holger gewann zwei Spiele, äußerte sich aber nicht dazu und beäugte sein Gegenüber nur hin und wieder.

»Holger, nicht böse sein, aber ich glaube, ich bin zu betrunken, um dir heute ein würdiger Gegner zu sein. Mir geht es irgendwie nicht gut. Ich glaube, ich muss ins Bett«, lallte Parcifal nach einer weiteren halben Stunde.

»Geh nur. Ich spiele noch ein bisschen gegen mich selbst. Ich habe noch keine Lust, nach Hause zu Barbara zu gehen, die sich wundern würde, wenn ich da jetzt schon aufschlage. Auf ihre Fragerei habe ich überhaupt keine Lust. Ich schließe dich nachher ein und gebe dir den Schlüssel morgen im Amt zurück.«

Parcifal nickte. Dieses Arrangement hatten sie schon einige Male praktiziert. Er vertrug einfach keinen Alkohol. Nach kurzer Zeit hörte Holger aus dem Schlafzimmer die bekannten Schnarchgeräusche seines betrunkenen Freundes.

Und andere Laute, die er nicht einordnen konnte. Die hatte er hier noch nie gehört. Er schlich durchs Haus, lauschte da und dort, bis er schließlich zur Kellertür kam. Eine Art Wimmern kam eindeutig von dort. Er langte nach dem Türgriff. Die Tür war verschlossen.

Er legte sein Ohr an die Maserung und versuchte, die Geräusche einzuordnen. Ein Tier? Leise aber konstant vernahm er ein »mmmh, mmmh, mmmh«. Und ein Quietschen und Knarren.

Seine Neugier wurde geweckt. Wo war der Kellerschlüssel? Er ging zum Schlüsselbrett im Flur. Da war er nicht. In Parcifals Jacke, die dort hing, war ebenfalls nichts zu finden. Er schlich zur Schlafzimmertür, öffnete sie.

Parcifal hatte Hose und Hemd ordentlich über einen Herrendiener gehängt. Auch im Vollrausch noch korrekt, dachte er und fand den Schlüssel in dessen Hosentasche.

Als er die Kellertreppe hinunter tappte, vermeinte er, dass das Murren und Quietschen sich verstärkt hatte. Holger öffnete eine Tür auf der linken Seite, tastete nach dem Lichtschalter, blinzelte. Und das, was er dann sah, ließ ihm die Augen hervorquellen.

Isabel Glantz aus der Behörde! Auf einem alten Metallbett liegend. Gefesselt an Händen und Füßen. Einen Stoffknebel im Mund. Sie versuchte offensichtlich, sich zu befreien, ruckelte auf dem Bett hin und her und starrte ihn aus großen Augen an.

Er fiel buchstäblich aus allen Wolken, starrte die Szene sekundenlang an, ehe er endlich auf das Bett zustürzte. Er wollte sie befreien, retten. Das fuhr ihm als Erstes durch den Kopf.

Doch als Holger sich bewusst machte, dass Parcifal, dieser scheinheilige Leisetreter, die Lady hier offensichtlich versteckt hatte, um seiner Lust zu frönen, überkam ihn eine derartig animalische Begierde, dass er nicht mehr an sich halten konnte. Er roch sie, registrierte ihre Hilflosigkeit, sah die Angst in ihren Augen und fühlte sich als Herr über eine Sklavin. Nichts sonst hatte Raum in ihm.

Er verging sich mehrfach an Isabel. Ließ erst von ihr, als sein Gehirn leer von den Explosionen der Orgasmen war. Er kroch von ihr herunter, wandte sich um, verschloss die Kellertür, wischte Klinke und Schlüssel mit seinem Hemdzipfel ab und ließ den Schlüssel wieder leise in Parcifals Hosentasche im Schlafzimmer gleiten.

Dann fuhr er in die nächste Kneipe und ertränkte sein schlechtes Gewissen in Alkohol.

Noch später, daheim, wankte er zur Hausbar, goss sich einen weiteren Whiskey ein und warf sich im Wohnzimmer auf das Sofa. Barbara hatte Holger in dieser Nacht auf keinen Fall begegnen wollen.

3. Kapitel

Ich bewegte mich an dem Abend, ich weiß es genau, langsam durch das Treppenhaus. So, als könne ich Zeit schinden. Frau Rose war bereits gegangen. Der Empfangstresen verwaist. Der Empfang, an dem bis vor Kurzem noch Isabel gesessen hatte. Ich war tief in Gedanken. Ich musste eine Lösung für Isabel Glantz finden.

Isabel!

Seit die Vierunddreißigjährige vor vier Monaten unten am Empfang zu arbeiten angefangen hatte, war ich hin und hergerissen zwischen verlegenem Nicken und scheinheiligem Nichthingucken. Das sanfte, fast schüchterne Gesicht, umrahmt von vollen dunklen Haaren, ihre mollige Gestalt mit den großen Brüsten, ließen mich erröten wie einen Primaner, wenn sie mich ansprach.

Ich wusste ja, wie ich aussah, ich wusste, ich hatte keine Chance bei so einem reizenden Geschöpf. Ich war sechsundvierzig Jahre alt, groß und sehr knochig, was noch angehen würde, aber meine Gesichtszüge hingen. Die rechte Seite hatte die Natur niedriger gesetzt als die linke. Meine Augen waren von Tränensäcken umrahmt, die sich schwammig über die Wangen bis in die Mundwinkel zogen. Buschige Brauen wuchsen in einem lang gezogenen ›Pferdegesicht‹, eine oft geflüsterte Charakterisierung der Leute für mich. Auch die vollen Lippen hingen rechts weiter herunter als links. Mein Gesicht war irgendwie nur als schief zu bezeichnen. Jeder, der mich zum ersten Mal sah, starrte mich neugierig an, ganz einfach nur, um die Eigenartigkeit auf sich wirken zu lassen. Bildete ich mir jedenfalls ein.

Und mein Spiegelbild bestätigte mir die Asymmetrie täglich am Morgen.

Schon in der Schule war ich gemobbt worden. Schule war für mich ein Spießrutenlaufen. Ich war ein Außenseiter. Freunde hatte ich so gut wie

18

keine. Die Mädchen machten sich über mich lustig, tuschelten offen über mich und hänselten mich. Die einzige Frau, die mich vergötterte, war meine Mutter. Sie organisierte mein Leben, sagte mir, was ich zu tun hatte, wachte über meine Hausaufgaben wie eine Löwin, ließ mich Abitur machen, indem sie mich zu Nachhilfelehrern schickte, die mich drillten, bis ich abends erschöpft ins Bett fiel. Noch mit siebzehn Jahren saß ich nackt in der Badewanne und sie schrubbte mir den Rücken und andere Gliedmaßen. Wenn ich erigierte, schlug sie mich mit der langen hölzernen Bürste auf mein Glied. Schmerz. Ich schäme mich, das zu schreiben, aber ich will nichts beschönigen. Als meine Mutter vor sieben Jahren starb, blieb ich im Haus am See. Ich war neununddreißig Jahre alt und noch – ja, ich gebe es zu – Jungfrau. Eine Freundin oder Frau hätte meine Mutter erfolgreich zu verhindern gewusst, wenn es denn eine gegeben hätte. Aber aufgrund meiner außergewöhnlichen Gesichtszüge hatte das weibliche Geschlecht mich bislang ohnehin gemieden.

Fast wie Hohn war es mir vorgekommen, als ich nach ihrer Beerdigung vom Leichenschmaus in einem Gasthof auf der Heimfahrt in einen heftigen Platzregen geriet und mein Fahrrad einen Platten bekam. Ich ging zu Fuß die endlose Landstraße entlang und geriet an einen Parkplatz, auf dem ein Wohnwagen stand. Als sich die Tür öffnete, erhaschte ich einen Blick auf eine dürftig bekleidete Frau, die einen Mann verabschiedete.

Als sie mich sah, gurrte sie: »Du bist ja völlig durchnässt. Komm' doch herein und trinke einen heißen Rum mit mir, bis das Unwetter vorbeigezogen ist.« Sie trat auf mich zu, griff resolut nach mir und zog mich in den Wohnwagen. Ich gebe zu, dass ich kaum woanders hinschauen konnte, als auf ihre halb nackten Brüste. Mannomann.

Bedingt durch die Schmerzen, die meine Mutter mir immer zugefügte, wenn mein Glied sich geregt hatte, war ich darauf trainiert worden, Gefühle zu ignorieren. Ich hielt demnach lange eisern stand, als die Prostituierte sich anschickte, mich zu bearbeiten. Doch die professionellen Künste der Dame brachen meinen Willen.

Nach diesem Erlebnis in einem schmuddeligen, muffelig riechenden Wohnwagen auf einer fleckigen, karierten, zerkratzten Liege, die mir, als alles vorbei war, besonders ins Auge stach, hatte ich das Gefühl, unglaublich schmutzig zu sein.

Heute, wenn ich es aufschreibe, kann ich nicht mehr verstehen, wie ich mich dazu hinreißen habe lassen, dieser Dame zu folgen, geschweige denn ihr auch noch mein Portemonnaie zu öffnen. Denn kaum hatte ich einen letzten Seufzer getan, rieb sie mit dem Daumen an ihren anderen Fingern und demonstrierte mir mit unmissverständlichen Worten, was sie nun wollte. Ich gebe zu, dass ich danach erst einmal für wirklich lange Zeit von sexueller Tätigkeit kuriert war.

Als mich nun Isabel zum ersten Mal begrüßte und mir schelmisch zuzwinkerte, war es irgendwie um mich geschehen. Aber mein Gefühl für Isabel hatte nichts mit Sex zu tun. Ich empfand für sie wie für einen kostbaren Gegenstand, den man in eine Vitrine stellt, betrachtet und Angst hat, ihn herauszunehmen, damit er keinen Schaden erleidet. Ein Gefühl, das ich noch nie für jemanden empfunden hatte. Ich weiß noch, dass ich errötete und davon stolperte. Ich kam mir vor wie ein Idiot. Isabel neckte mich fortan, merkte aber, glaube ich oder wollte es glauben, dass ich ein überaus höflicher, respektvoller Mann bin, der nicht das von ihr wollte, was alle anderen Männer von ihr wollten. Denn sie war Tuschelgespräch in der Kantine. Manchmal schämte ich mich, ein Mann zu sein.

Auf meinem Heimweg machte ich beim Supermarkt halt, kaufte Mineralwasser und Apfelsaft, Baguette, Aufschnitt, Käse und Weintrauben. Immer noch ärgerte ich mich über Holgers unmögliches Verhalten vorhin im Büro. Zu Hause angekommen, richtete ich einen Teller her, stellte ein Glas und eine Wasserflasche auf ein Tablett und balancierte alles vorsichtig die Kellertreppe hinunter. Am Ende eines langen Ganges stellte ich alles auf den Boden, fummelte nach den Türschlüsseln in der Hosentasche und schloss auf. Meine Hand ertastete den Lichtschalter rechts neben der Tür. Grelles Licht erhellte den muffigen Kellerraum.

Mein Blick huschte zu dem Eisenbett in der Mitte des Raumes und sofort, als ich es leer fand, weiter durch den Raum. Eine eisige Kälte durchfuhr mich. Ich fühle sie noch heute. Der Raum war leer. Isabel war nicht mehr da. Das war unmöglich! Der Raum hatte keine Fenster, bot keine Möglichkeit zu verschwinden. Und die Tür war verschlossen gewesen.

Wie in Trance langte ich nach dem Tablett und stieg die Stufen wieder empor. In der Küche ließ ich mich auf einen Stuhl fallen. Vor zwei Tagen hatte ich Isabel in den Kellerraum hinuntergetragen. Und nun war sie fort. Panik überkam mich. Musste nicht jede Sekunde die Polizei vor meiner Haustür stehen?

Seit wann war sie fort? Gestern Abend hatte ich ihr noch etwas zu essen gebracht. Heute Morgen war es zu spät gewesen, nach ihr zu sehen. Wie war sie entkommen?

Ich wischte mir den Schweiß von der Stirn. Ich weiß noch, mir war übel, sehr übel. So übel, dass ich längere Zeit über der Kloschüssel hing.

4. Kapitel

Zwei Abende zuvor hatte Isabel wiederholt einen Blick durch die Glastür nach draußen geworfen. Es goss in Strömen. Auch das noch. Sie musste unbedingt in die Stadt und einige Besorgungen für ihren bevorstehenden Urlaub erledigen. Vorrangig brauchte sie einen Bikini, denn der vom letzten Jahr war von der Sonne ausgebleicht und sah unansehnlich aus. Da sie aus Kostengründen kein Auto besaß und fünfzehn Minuten zur nächsten Bushaltestelle laufen musste, um überhaupt in die nächste Stadt zu kommen, sah sie sich durchnässt in einer Umkleidekabine stehen. Und für einen Bikini musste man alles ausziehen. Alles würde kleben und es würde ewig dauern, sich aus- und auch wieder anzuziehen. Isabel krauste das Gesicht und murrte vor sich hin.

»Anstrengender Tag heute?«, hörte sie eine Stimme. Ein wohliger Schauer durchrann sie.

Seine Stimme! Denn obwohl die Natur ihren Arbeitskollegen Parcifal mit nachteiligen Zügen überschüttet hatte, so hatte sie doch zu guter Letzt ein Einsehen gehabt und ihm eine Stimme gegeben, die seinesgleichen suchte. Der Bariton besaß eine unglaubliche Zärtlichkeit gepaart mit einem fühlbaren Lächeln, das die Menschen bezauberte. Menschen, die nur am Telefon mit Parcifal zu tun hatten, liebten ihn, vertrauten ihm. Glaubten ihm alles. Isabel wusste das aus viel Getratsche in der Kantine.

Und auch Isabel liebte diese Stimme. Wenn nur das Gesicht nicht wäre. Und – was ihr eine Gänsehaut verursachte, war sein Händedruck. Ohne Kraft, kalt und wässrig. Eine flüchtige Berührung ihrer Hand, kaum wahrnehmbar. Isabel hatte den Eindruck, in eine Leichenhand zu greifen. »Gespenstisch«, war der Ausdruck, den sie ihrer Freundin Svenja gegenüber fallen ließ, wenn sie von ihrem Arbeitskollegen erzählte.

Sie lächelte routinemäßig und wandte sich um. »Nein. Aber es gießt und ich muss in die Stadt. Mit dem Bus. Und einen Schirm habe ich auch nicht mitgenommen. Heute Morgen sah es noch ganz passabel aus.«

Parcifal blieb stehen, sah sie an, wand sich. Dann siegte seine Höflichkeit. »Ich bin heute ausnahmsweise mit dem Auto da. Wenn Sie möchten, nehme ich Sie mit. Ich muss ohnehin in die Stadt, in die Apotheke. Vorher müsste ich aber kurz bei mir zu Hause vorbei, weil ich dort das Rezept vergessen habe.«

»Wirklich? Das ist ja traumhaft. Ich hole nur schnell meine Tasche. Dann kann es losgehen.«

In seinem hellblauen VW-Käfer beäugte Isabel Parcifal mehrfach von der Seite. Der krasse Unterschied seines Aussehens zu seiner Stimme reizte sie. Obwohl – war diese Hässlichkeit wirklich hässlich oder sollte sie das als interessant einstufen? Wäre er ein Hollywood-Schauspieler, würde man ihn wohl als äußerst markant einstufen, fand sie.

»Sie wohnen aber einsam«, meinte sie, als sie merkte, dass Parcifal den Ort verließ und von der Landstraße in einen Waldweg abbog.

»Einsam, aber schön. Mein Haus liegt an einem See. Für mich ist es traumhaft«, antwortete er.

Die Stimme. Isabel erschauerte. Zärtlich, männlich. Eine Stimme, die berührte. Wieder sah sie ihn an. Sein Blick war starr auf die Straße gerichtet.

Er spricht immer so, mit jedem, nicht nur mit mir, ging es Isabel durch den Kopf. Plötzlich verspürte sie den Wunsch, er möge nur mit ihr so sprechen. Seine Stimme sollte ihr gehören. Ihr allein. Ein nervöses Kichern flog sie an. Er wandte sich ihr kurz zu.

»Was amüsiert Sie?«

Seine Stimme streichelte sie.

»Dass ich mit Ihnen in die Einsamkeit fahre«, gurrte Isabel.

»Oh! Sie fürchten sich? Soll ich umdrehen und gleich in die Stadt fahren? Ich kann das Rezept auch morgen abholen.«

»Nein, alles gut.«

Der etwas holprige Weg führte kurvenreich durch ein Waldgebiet. Zwischen den Bäumen sah man im Osten in einiger Entfernung die Lichter der alten Burg Loomkanden von ihrem Hügel einsam herunterleuchten. Die Lampen würden dort um siebzehn Uhr gelöscht werden, weil danach ohnehin keiner der Touristen noch dort herum kraxelte. Parcifal fuhr nach Westen einen etwas abschüssigen Weg herunter und Isabel erblickte vor sich den See.

Ein schmaler Pfad wand sich erneut nach links. Ein Schild ‚Privatbesitz, betreten verboten‘ hing schief an einem Baum. Der Pfad weitete sich.

Parcifal parkte. »So, einen Moment, ich bin gleich wieder bei Ihnen.«

»Ich komme mit.«

»Warten Sie. Ich habe einen Schirm im Kofferraum. Sie werden sonst nass.« Als er ihr die Beifahrertür öffnete, spannte er den Schirm auf, half ihr hinaus, fasste ihren Ellenbogen, ließ ihn aber sofort wieder los und schritt in Armlänge neben ihr, den Schirm über ihrem Kopf balancierend. Isabel fand ihn plötzlich sehr männlich und aufmerksam.

Das Haus lag circa zwanzig Meter vom Ufer entfernt. Ein Blockhaus, umrahmt von einer stabilen Bohlenterrasse mit Geländer. Isabel konnte sehen, dass sich ein Steg bis weit ins Wasser schob.

Parcifal öffnete die massive Haustür und ließ Isabel den Vortritt. Seine galante Höflichkeit gefiel ihr.

»Möchten Sie im Wohnzimmer kurz Platz nehmen? Ich hole nur das Rezept von oben.«

»Wollen wir noch einen Kaffee zusammen trinken? Ich bin ganz durchgefroren. Wo ist Ihre Küche?«

»Da vorne rechts. Kommen Sie.« Er ging voraus, schaltete das Licht ein und öffnete einen Küchenschrank. Mit schnellen Handgriffen steckte er eine Filtertüte in die Kaffeemaschine und füllte den Kaffee ein. Dann holte er zwei Tassen aus dem Schrank, fragte: »Zucker, Milch, schwarz, Gebäck?«

»Schwarz. Meine Figur!« Sie kicherte und strich sich dabei mit den Händen über die Hüften.

Er stellte die Tassen auf ein Tablett. »Kommen Sie ins Wohnzimmer. Da ist es gemütlicher«.

Isabel lauschte seiner Stimme. Hörte sie Intimität? Nein, das musste sie sich einbilden. Sie ging dem Mann hinterher, studierte seinen Rücken, seine hochgewachsene magere Gestalt, wollte ihn berühren – da drehte er sich um. Sein Gesicht! Oh, nein. Ihre Hände wanderten in ihre Jackentasche.

Er hielt ihr die Tür auf, ließ sie vorangehen. Sein Wohnzimmer entlockte ihr einen »Oh«-Laut. Eine Wand war nur Fensterfront und schemenhaft konnte man das jenseitige Ufer sehen. Isabel hatte das Gefühl, im See zu stehen.

Zwei bequeme, etwas abgewetzte Ledersofas standen in Richtung der großartigen Aussicht in die Landschaft. Ein alter, niederer Holztisch war dazwischen platziert und Parcifal stellte dort sein Tablett ab. Den großen Raum komplettierten ein klobiger Bauernschrank, ein riesiger gemauerter Kamin, durch den wahrscheinlich tatsächlich der Weihnachtsmann schlüpfen könnte sowie ein Esstisch mit gedrechselten Beinen, umrahmt von klobigen Hochlehnern.

Isabel war beeindruckt, ließ sich auf einem Sofa nieder und beäugte Parcifal, als er den Kaffee aus einer Kanne mit Tropfschutz in Form eines

Schmetterlings in die Blümchenmustertassen füllte. Isabel musste schmunzeln. Das war wirklich drollig. Er setzte sich ihr gegenüber auf das andere Sofa und wirkte unsicher und fahrig. Blickte aus dem Fenster, sah auf den Boden und schwieg. Isabel fand ihn irgendwie niedlich. Er wirkte so unbeholfen. Sie verspürte Lust, ihn ein wenig aus der Reserve zu locken. Nahm aber an sich eine eigenartige Befangenheit wahr, die sie noch nie bemerkt hatte. Eigentlich sagte man ihr ein lockeres Mundwerk nach.

»Haben Sie ein Boot?«, fragte sie endlich und erschrak beinahe vor ihrer eigenen Stimme, die gerade sehr liebevoll geklungen hatte.

»Ja, ein kleines Ruderboot. Bei schönem Wetter bin ich damit auf dem See unterwegs.« Während er sprach, sah er sie an.

Seine Stimme lächelte. Isabel spürte eine Gänsehaut. Sie fragte sich, was die Stimme an sich hatte, dass sie derart darauf reagierte. Parcifals Stimme packte einen in Watte. Man fühlte sich geborgen. Wünschte sich, ein Teil von ihr zu sein.

»Es ist schön hier. Ein Traum, so zu wohnen.«

»Ich lebe schon immer hier. Es ist das Haus meiner Mutter. Seit sie verstorben ist, wohne ich hier alleine. Ich bin handwerklich mittlerweile so firm, dass ich vieles selbst reparieren kann. Durch die Nähe des Sees war es hier sehr feucht. Jetzt habe ich eine Drainage, die das Haus schützt. Manchmal kommen Marder ins Strohdach. Aber auch das kann ich ausbessern.«

Seine Stimme klang wie Musik. Das Gespräch versiegte. Isabel lauschte. Sie wünschte sich, er würde fortfahren. Sehnte es regelrecht herbei.

»Möchten Sie noch Kaffee?«, fragte er, als er bemerkte, dass Isabel ihre leere Tasse abstellte.

»Sie haben eine faszinierende Stimme. Wissen Sie das?« Isabel konnte nicht umhin, ihm das zu sagen.

»Waaas?«

Er errötete, was Isabel erfreut zur Kenntnis nahm.

»Ihre Stimme. Sie gefällt mir. Warum sind Sie nicht verheiratet?«, bohrte sie weiter.

Er zuckte mit den Schultern, wand sich, stand auf. »Ich hole kurz das Rezept von oben. Dann können wir wieder losfahren, wenn es Ihnen recht ist.« Er verharrte schüchtern, wie um Isabels Zustimmung zu erlangen.

Sie erhob sich. Ging auf ihn zu. »Sie haben meine Frage noch nicht beantwortet, Herr Wingenfelder.«

Wie hörte es sich wohl an, wenn diese Stimme ‚Ich liebe dich‘ sagen würde, fragte sie sich. Ihr Verlangen danach wurde unerträglich. Diese Stimme musste es zu ihr sagen. Ganz nah bei ihm stand sie, sah zu ihm auf. Plötzlich fand sie ihn gar nicht mehr hässlich.

»Ja … also … was soll ich sagen. Es … hat sich nicht ergeben. Ich bin nun mal nicht der, den sich die Damen erträumen.« Scheu blickte er zu Boden.

»Kann ich gar nicht verstehen.« Isabel schmachtete ihn an. Ihre Hand griff nah seiner. Die Schüchternheit reizte sie. Sie wollte ihn aus der Reserve locken, liebte das Spiel. Sie sah, wie er erstarrte. Würde er sich abwenden und sie stehenlassen? Er musste doch total beglückt sein, dass sie sich für ihn interessierte. Er, der Hässliche. Womöglich hatte er noch nie … Ein Kribbeln durchfuhr sie.

»Frau Glantz. Das ist … das ist aber … » Er war sichtlich erschrocken.

»Sag mir etwas Nettes, Parcifal«, hauchte sie.

»Frau Glantz, ich hole jetzt das Rezept. Bitte entschuldigen Sie mich für einen Moment.«

Er drehte sich um, befreite seine Hand, ließ Isabel stehen.

Seine Zurückweisung machte sie wütend. Was bildete sich dieser hässliche Mann ein?

Das war ja wohl ... Sie ging ihm hinterher. Durch den Flur, die Treppe hoch, die zweite Tür rechts war offen. »Ach, Ihr Schlafzimmer. Hübsch. Ist das Bett auch bequem?« Isabel ließ sich drauf fallen.

Er glotzte sie an. »Es ist ... es ist mein Gästez...«

»Ach«, unterbrach sie ihn belustigt. »Hier bleibe ich jetzt liegen. Ich habe gar keine Lust mehr, bei dem Wetter in die Stadt zu fahren. Das kann ich morgen auch noch.«

»Sie wollen hier übernachten?«

»Wenn Sie nichts dagegen haben.« Isabel kuschelte sich demonstrativ in die Decke.

»Aber ... aber das geht doch nicht.«

»Warum nicht?«

»Was werden die Leute sagen?«

»Welche Leute? Ich sehe keine.«

»Frau Glantz, Sie wissen, was ich meine. Jetzt kommen Sie, bitte. Ich fahre Sie nach Hause.« Er trat ans Bett heran und streckte Isabel die Hände entgegen, um sie hochzuziehen. Doch sie zog ihn herunter. Er fiel wie ein Sack aufs Bett, versuchte sofort, sich wieder hochzurappeln, stützte sich auf ihren Bauch ab, traf die Brust, verhedderte sich in den Haaren, verstrickte sich in ihren Beinen. Je intensiver ihre Arme versuchten, ihn festzuhalten, desto mehr versuchte er, von ihr loszukommen, ohne ihr ernsthaft wehzutun. Schließlich gelang es ihm, sich aufzurichten, ein Bein aus dem Bett zu strecken. Isabel hing an ihm wie eine Klette. Er löste ihre Finger von seinem Nacken, stieß sie zurück. Der Stoß ließ Isabels Nacken rückwärts auf das niedere, gewellte Kopfteil aus Holz des Bettes fallen.

Ich weiß noch, ich schnaufte, hangelte mich aus dem Bett. Stand endlich auf beiden Füßen. Sah auf das Mädchen hinab. Sie rührte sich nicht. Sekundenlang dachte ich, sie wäre erschöpft, würde jetzt Ruhe geben. Die Stille, die Ruhe, die Laute meines erregten Atems – ich lauschte. Ich brauchte Sekunden, bis mir aufging, dass etwas mit Isabel nicht stimmte. Das war keine Erschöpfung. Das war … ja, was?

»Frau Glanz?« Meine Stimme klang vorsichtig. Dann lauter. »Frau Glanz?« Und dann panisch. »Frau Glantz!«

Ich wagte es, an ihr zu rütteln. Nichts.

Mein Gott, sie ist tot, dachte ich. Ich habe sie umgebracht. Ich setzte mich auf die Bettkante. Es war ein furchtbarer Moment. Ich kann heute die Eiseskälte nicht mehr beschreiben, die mich so zittern ließ, dass mir die Zähne klapperten.

Ich höre dieses Geräusch manchmal in meinen Albträumen und es erschreckt mich immer noch. Nach Jahren.

Ich starrte Isabel an, sah nach einer Weile den klopfenden Puls an ihrem Hals. Es dauerte etwas, bis mir dämmerte, dass sie noch lebte. Sollte ich einen Krankenwagen rufen?

Oh, Gott! Dann müsste ich sagen, was passiert war. Niemand würde mir glauben, dass dies hier ein Unglück gewesen war. Ich wusste, wie ich aussah. Wusste, dass Menschen mir deswegen misstrauten. Sechsundvierzig Jahre mit diesem Gesicht hatten in meiner Seele brackige Spuren hinterlassen. Man würde mich verurteilen, lynchen. Jeder würde denken, dass ich versucht hätte, dieses wunderschöne Wesen in meinem Bett zu …

Ich wollte dieses Wort noch nicht einmal denken. Es war zu schmutzig.

Schließlich spürte ich eine Regung an meiner Seite. Isabel regte sich. Ihre Augenlider flackerten. Als ihr Blick auf mich fiel und ihr Begreifen einsetzte, schrie sie. Noch nie hatte ich jemanden so schreien hören.

»Frau Glantz, bitte beruhigen Sie sich. Es ist alles gut. Sie sind nur mit dem Kopf gegen den Bettpfosten gefallen. Haben Sie Schmerzen? Was kann ich tun?«

»Lassen Sie mich in Ruhe. Ich muss hier weg.« Isabel wollte sich aufrichten, sank jedoch gleich wieder zurück, klammerte sich an die Bettdecke, krallte sich suchend in die Matratze, griff nach mir. »Oh, Gott, alles dreht sich. Das Bett, das Zimmer … Hilfe.«

Ich umschlang sie fest.

»Geht es besser?«, fragte ich sie nach einer endlosen Zeit, während der ich Isabel hielt und ihr tröstende Worte zuraunte.

Sie nickte. »Ich traue mich nicht, mich zu bewegen. Was, wenn es wieder losgeht?«

Ich löste mich ganz langsam von ihr, schob ihr ein Kissen in den Rücken.

»Geht's?«

»Ich will nach Hause.« Ihre Stimme klang weinerlich.

»Natürlich. Ich fahre Sie. Kommen Sie.«

Als Isabel sich erheben wollte, packte sie erneut der Schwindel. Sie fuhr Karussell. In Panik schrie sie wieder, wusste nicht, wo sie Halt finden konnte. Ihre Arme ruderten konfus umher.

Mir wurde allmählich angst und bang. Ich sah auf meine Armbanduhr. In weniger als einer halben Stunde würde Holger zum Schachspielen hier sein. Der durfte von dem hier auf keinen Fall etwas mitbekommen.

»Frau Glantz, bitte nicht böse sein. Aber ich erwarte Besuch. Ist es möglich, dass Sie hier still liegen bleiben und sich nicht von der Stelle rühren?«

»Sie wollen mich in diesem Zustand alleine lassen? Das dürfen Sie nicht. Ich habe Angst. Alles dreht sich. Was ist das? Mir wird übel. Und mein

Arm schmerzt. Kriege ich einen Herzinfarkt oder so etwas? Rufen Sie einen Krankenwagen. Auf der Stelle.«

»Wie soll ich denen das hier erklären?«

»Was meinen Sie?«

»Dass Sie in meinem Bett liegen?«

»Wen interessiert, wo ich liege?«

»Mich.«

»Wieso?«

»Ja, weil es total peinlich ist.«

»Peinlich? Sind Sie noch bei Trost? Mir geht's total beschissen. Rufen Sie einen Krankenwagen an, verdammt. Ich will nicht krepieren, nur weil es Ihnen peinlich ist. Bitte. Ich erzähle es auch niemanden.«

Ich fuhr mir mit den Fingern durch die Haare. Wenn das hier im Büro die Runde machte ... dann wäre ich meinen Job los, ein Verfahren wegen ...

»Das geht nicht, ich ...«

Isabel starrte mich an. »Es geht nicht? Sie dämlicher Kerl. Was haben Sie mit mir vor? Ich will auf der Stelle hier ...« Sie schrie wieder los wie am Spieß. Versuchte, aus dem Bett zu kommen. Schwankte. Torkelte. Panik überkam sie. Und mich.

Da packte ich sie. Nahm sie auf die Arme. Balancierte mit meinem schreienden, wild um sich schlagenden Bündel die erste Treppe hinunter und dann die nächste Treppe in den Keller. Nachdem Isabel mit dem Kopf mehrere Male an Türpfosten und Wände geknallt war, versuchte sie, sich ruhiger zu verhalten. Obwohl ich heute glaube, dass sie kurz ohnmächtig war. Mit dem Fuß stieß ich eine Tür auf, ließ mein Bündel auf ein altes Bett fallen, das auf Sperrmüllabfuhr wartete.

Ich griff in einem Regal nach der großen Rolle Klebeband für Pakete. Dann umwickelte ich ihre Hände und Fesseln und klatschte Isabel mehrere Lagen des Klebebandes auf den Mund. Mit einem alten Messer schnitt ich Paketschnur ab und fesselte Isabel an die Eisengitter des Bettes.

Ruhe.

Ich wischte mir den Schweiß von der Stirn. Schaute auf Isabel, die mich mit panisch großen Augen anstarrte.

»Ich komme später wieder, wenn mein Besuch weg ist. Bitte, haben Sie keine Angst. Alles wird gut. Ich verspreche es.«

Ich verschloss die Tür von außen und lief die Treppe hoch. In der Küche schaffte ich es gerade noch, das Tablett auf den Tisch zu stellen, bevor Holger in der Küchentür stand.

Herrgott, während ich es schreibe und lese kann ich selbst kaum glauben, mein Handeln nicht mehr nachvollziehen. Aber damals – damals ist es genau so passiert. Verdammt noch mal!

5. Kapitel

Barbara Heitmann sah von ihrem Teller auf, als Holger ihr mitteilte, dass er gedenke, morgen Abend wieder bei Parcifal Schach zu spielen.

»Dieser hässliche Einsiedler. Ich weiß einfach nicht, was du an dem findest. Hat keine Frau und kein nix. Du könntest doch auch mit unseren Freunden Schach spielen. Mit Jürgen zum Beispiel. Da könnte ich mitkommen und mit Annette plaudern. Dann müsste ich wenigstens nicht den ganzen Abend lang alleine hier rumhocken.«

»Parcifal ist mein Arbeitskollege und sich gut mit Kollegen zu verstehen ist wichtig. Privater Kontakt fördert das Arbeitsklima.«

»Er ist schüchtern und linkisch. Und wenn man ihn anfasst – Ogottogott. Ein ekelhafter Kauz.«

»Dann fass ihn eben nicht an.«

»Ich gebe den Menschen nun mal die Hand, wenn ich sie begrüße. Ich glaube ja, dass er in eure Kollegin Isabel Glantz verknallt ist. Dieses Flittchen vom Empfang.« Barbara sah ihren Mann lauernd an.

»Was du dir immer zusammenreimst. Meine Güte. Das Mädchen ist zwölf Jahre jünger als Parcifal.«

»Du konntest beim letzten Personalbowling auch nicht die Augen von ihr lassen.«

Holger zuckte mit den Schultern, zerdrückte die letzte Kartoffel in der restlichen Bratensoße und schob den Teller von sich. »Ich geh duschen.«

Barbara zog eine Grimasse. Dieser Parcifal, der ihr nur die kalte Schulter zeigte, egal wie sie sich zurechtmachte, war ihr ein Dorn im Auge. Sie verstand ihren Mann nicht, der mit diesem Menschen Schach spielte. Sie schob den Esszimmerstuhl unwirsch zurück, holte aus der Küche ein Tablett und räumte den Tisch ab. In der Küche griff sie nach einem Löffel und aß im Stehen aus den Töpfen. Kartoffeln, Soße, Braten und Rotkohl wanderte in ihren gierigen Mund. Am Tisch aß sie immer nur kleine Mengen, um Holger zu demonstrieren, dass ihre Korpulenz nicht am Essen lag, sondern an ihrem gestörten Stoffwechsel. Tagsüber, wenn er nicht da war, aß sie fast pausenlos und abends, wenn er da war, stocherte sie lediglich im Essen auf ihrem Teller.

Als die dritte Stufe der Treppe ins Obergeschoss knarrte, deckte sie die Töpfe ab und füllte den Geschirrspüler.

»Bis später, Barbara«, rief Holger ihr vom Flur her zu. »Ich gehe kurz in die Kneipe um die Ecke. Bisschen Dart spielen.« Er griff nach Mantel, Schal und Handschuhen.

»Du hast dich ja parfümiert. Der ganze Flur riecht. Wieso das denn?«

»Nun übertreib mal nicht wieder. Tschüss.«

Die Haustür fiel hinter ihm ins Schloss.

Barbara starrte die Tür an. Dann glitt ein Lächeln über ihre alternden Züge.

»Schönen Abend, lieber Holger.«

In der Küche kratzte sie die Reste aus den Töpfen, griff nach einer leeren Apfelsaftflasche und plumpste in den Fernsehsessel. Sie legte eine DVD ein, die sie sich im Internet bestellt hatte und schon nach kurzer Zeit rekelte sie sich in anzüglicher Pose vor dem Fernseher und trieb es mit dem Pornodarsteller auf dem Bildschirm.

»Was du kannst, kann ich schon lange, Holger.« Die Plastikflasche zwischen ihren Beinen knirschte. Und Parcifal Wingenfelders Stimme flüsterte ihr ins Ohr, wie überaus anziehend sie für ihn wäre. Dass er sie liebe und niemals eine andere. Die blonden Locken ihrer Perücke fielen ihr in die Augen. Aufreizend strich sie sich über die Stirn. Und Parcifal gestand ihr, dass er blonde Frauen liebe. Denn das, was Barbara an Parcifal mochte, war seine sanfte, zärtliche Stimme. Jedes Mal lief ihr ein Schauer über den Rücken, wenn er mit ihr sprach. Barbara hatte bereits mehrfach seinen Anschluss im Büro und zu Hause angewählt, nur um seine Stimme zu hören und zu spüren.

Als sie am nächsten Morgen in ihr Atelier, wie sie den Raum im Dachgeschoss bezeichnete, hinaufging, war sie wie immer übler Laune. Ihre Haare, die sie allmorgendlich emsig und beharrlich bearbeitete, wiesen nie das Ergebnis auf, das sie sich wünschte. Dünn und strähnig waren sie schon seit Kindheitstagen. Mein Gott. Wie hatte sie ihre Schulkameradinnen beneidet, die mit langen, lockigen, pfiffigen Frisuren gesegnet waren. Ihre Kopfhaut wies Lücken auf, die sie seit Jahren mit Extensions zu verdecken versuchte.

Doch die Bondings-, Clip-In-, Tape-on- und Microring-Extensions in allen Längen und Farben waren mittlerweile sichtbar. Auch die feinsten Webebänder konnten mit ihrem eigenen Haar nicht mehr verdeckt werden. Schon nach maximal vier Wochen musste sie die Kunstteile mit Remover wieder aus ihrem eigenen Haar lösen, was wiederum Substanz kostete. Die seidigen indischen Echthaare kosteten Holger ein Vermögen, was er ihr ständig vorhielt.

»Nur deshalb wohnen wir noch in dem alten Haus meiner Eltern«, bekam sie wöchentlich zu hören.

Alle Pillen, medizinischen und konservierenden Wässerchen und Pflegeprodukte, die der Markt anpries, wurden von ihr gekauft und emsig benutzt. Barbara erwartete von Volumen auch Volumen und war der Meinung, wenn sie es täglich mehrfach anwandte, musste es auch wirken. Doch das Ergebnis, wie sie es sich wünschte, blieb aus.

Seitdem trug sie Perücken. In ihrem Atelier wimmelte es nur so von Köpfen mit Perücken. Als gelernte Friseurmeisterin hatte sie sich schon vor langer Zeit als Perückenmacherin spezialisiert und nun verbrachte sie

Stunden damit, sich die schönsten Frisuren für die Köpfe auszudenken. War die Kreation vollendet, setzte sie die Perücke auf und hatte endlich das Gefühl, eine attraktive Frau zu sein.

Sie hortete ihre Haarschätze in einem großen Wandschrank mit etlichen Schubfächern. Hier waren alle Blond-, Rot-, Braun-, Weiß- und Schwarzschattierungen zu finden. Ob glatt, lockig, lang, kurz, gekräuselt – ihre Sammlung war vollständig.

Heute griff Barbara nach einer mittellangen hellbraunen Perücke, setzte sich vor einen Spiegel und stülpte sich die Pracht auf ihren Kopf. Die Perücke saß perfekt. Millimetergenau an ihre Kopfform angepasst. Federleicht.

Sie hatte von amerikanischen Dermatologen gehört, die gar bereit waren, Haare samt Wurzeln aus den noch dichter bestandenen Kopfregionen auf den Kopfhaut-Lichtungen einzupflanzen. Als sie Holger damit in den Ohren lag, wurde er richtig wütend.

»Wenn du für solchen Schwachsinn tausende von Dollars ausgeben willst – ohne mich. Dann lasse ich mich scheiden. Jetzt reicht es mir. Du hast ja einen absoluten Spleen. Meine Güte – setz' einen Hut auf oder binde dir ein Kopftuch um, wenn du deine Haare nicht erträgst. Andere haben noch weniger.«

Barbara verstand nicht, dass niemand sie verstand. Ihren Job im Friseurladen hatte sie verloren, weil sie ständig übler Laune war, wenn sie Kundinnen mit Haarpracht vor sich hatte. Die Kundinnen, die eigene Probleme hatten, zogen sie in den Haarmoloch herunter, weil auch die keine Lösung fanden und Barbara die Ohren voll jammerten.

Damals, nachdem man ihr unmissverständlich gesagt hatte, sie sei für die Kundschaft nicht tragbar, hatte sie begonnen, Perücken zu kreieren. Zu zelebrieren. Vor allem seit dem Zeitpunkt, als ausgerechnet Parcifal Wingenfelder auf einer Weihnachtsfeier des Amtes ihr das Kompliment machte, mit ihrer neuen Frisur sehe sie sehr gut aus. Dass er das nur getan hatte, um seinem Freund Holger einen Gefallen zu tun, wusste sie nicht.

Denn Holger, dem seine säuerlich dreinblickende Frau gegenüber den Kollegen peinlich war, hatte gesagt: »Mann, Parcifal, sag mal zu meiner Frau, dass ihre Haare heute besonders gut sitzen. Sonst will die gleich nach Hause und ich will mich doch amüsieren«.

Parcifal hatte fünfundvierzig Minuten gebraucht, um seine Schüchternheit zu überwinden. Erst nachdem Holger ihn so böse angesehen hatte, dass Streit hätte aufkommen können, rang er sich durch, Barbara diese Worte zuzuraunen. Seitdem verspürte Barbara den Wunsch, diesen Stockfisch Parcifal mit seiner betörenden Stimme zu beeindrucken.

Tage und Nächte verbrachte sie in ihrem Atelier, um Perücken zu gestalten, die Parcifal aus seiner Reserve locken sollten, um ihn zu weiteren schmeichelhaften Äußerungen zu animieren. Irgendwann merkte sie aber, dass sie ihm ihre wundervollen Kreationen nicht zeigen konnte, weil sie ihm zu selten begegnete.

Barbara blickte in den Spiegel und lächelte ihrem Spiegelbild zu. Die Perücke stand ihr wundervoll. Sie griff nach Make-up, Eyeliner, Wimperntusche und knallrotem Lippenstift. Heute Abend würde sie Parcifal und Holger bei ihrem Schachspiel überfallen. Das war ihr Plan.

Der Belag für die Schnittchen stand im Kühlschrank, der Wein wohltemperiert im Keller.

Parcifal sollte von ihrem Aussehen so überwältigt sein, dass er weder für das Schachspiel noch für Holger Interesse zeigen würde. Ihre Schlaftabletten, Holger in den Wein gemischt, würden ihn selig einschlafen lassen. Und dann …

Vor lauter Aufregung verzitterte sie ihren Lidstrich und musste von vorn anfangen. Nach Vollendung ihres Werkes konnte sie vor lauter Bewunderung kaum atmen. Sie ging die Treppe hinunter und betrat das

Schlafzimmer. Mit einem glücklichen Seufzen öffnete Barbara alle Türen ihres Schrankes und legte die Kleidung, die sie später anziehen wollte, zurecht. Die rote Spitzenunterwäsche hatte sie erst gestern gekauft. Parcifal würde niemals in der Lage sein, ihr zu widerstehen.

Ein Glück, dass Holger heute nicht zum Abendessen heimkam. Er hatte bereits angekündigt, gleich nach der Arbeit zu Parcifal zu fahren, weil wegen der bevorstehenden Monatsabschlüsse Überstunden anfielen. So brauchte sie nicht kochen, was sie ohnehin hasste. Doch die Brote belegte sie nun gern in der Küche. Behutsam drapierte sie die Delikatessen darauf. Lachs erhielt Meerrettich-Tupfer und filigrane Dillspitzen, Heilbutt, den Parcifal so gerne aß, entgrätete sie sorgfältig. Er würde im Munde schmelzen. Die Käseauswahl kam aus einem französischen Delikatessengeschäft, das Brot hatte sie selbst gebacken und es verbreitete einen Duft, bei dem ihr bereits bei der Zubereitung das Wasser im Munde zusammenlief. Einige Häppchen in Ehren konnten nicht schaden. Barbara kaute mit vollen Backen.

Sie schaute auf die Uhr. Bedeckte ihre Kreationen mit Folie und betrat erneut das Schlafzimmer. Ihr Morgenrock fiel herab. Die teuren Badeessenzen hatten, wie angepriesen, vorgehalten und verbreiteten angenehmen Duft.

Barbara schlüpfte in BH, Strumpfhalter und Slip und mühte sich ab, die schwarzen Seidenstrümpfe faltenfrei zu positionieren. Dabei geriet sie in wenig ins Schwitzen, weshalb sie sich zurücklegte, um auszuruhen. Endlich raffte sie sich auf und schlüpfte in ein wadenlanges Kleid mit trickreichen Raffungen an Bauch und Hüfte, die ihre Polster vertuschten. Die Auswahl des Kleides hatte sie vierzehn Tage hindurch stundenlang in die City geführt, während denen sie die engen Umkleidekabinen zu verabscheuen lernte.

Aber jetzt, mit diesem Ergebnis, war es alle Mühe wert gewesen. Sie schlüpfte in hochhackige Pumps. Das Gehen darauf hatte sie in den letzten

Tagen zu Hause geübt. Als sie jetzt kurz umknickte, ignorierte sie den leichten Schmerz und betrachtete sich im großen Schrankspiegel.

Parcifal würde bei ihrem Anblick in Ohnmacht fallen, jedenfalls war sie selbst kurz davor. Atemberaubend war das Wort, das ihr durch den Kopf schoss.

Als der Nachmittag in den Abend überging, wurde Barbara zusehends aufgeregter. Sie hypnotisierte den Zeiger ihrer Küchenuhr und konnte es kaum abwarten, dass es zwanzig Uhr wurde. Diese Zeit hatte sie für sich selbst festgesetzt, um zum See hinauszufahren. Holger und Parcifal würden sich gerade gemütlich zum Schachspiel niedergelassen haben, während sie herein stöckelte und den beiden ihre Schnittchen-Mahlzeit präsentierte. In Holgers Getränk würde sie ungesehen die Schlaftabletten hinein rieseln lassen, die sie in ihrem Mörser schon vor Stunden pulverisiert, dann in ein Röhrchen gefüllt und jetzt in ihrer Handtasche deponiert hatte. Und dann würde sie Parcifal …

Kurz vor acht zog sie ihren Mantel an, griff nach der Etagere mit den Schnittchen und hängte sich die Handtasche über die Schultern. Als ihr Kleinwagen nicht sogleich anspringen wollte, geriet sie fast in Panik, aber dann tat er, was er sollte, und Barbara steuerte Richtung See.

Sie fuhr nicht bis zum Haus. Die beiden sollten sie nicht hören. Sie wollte das Überraschungsmoment ausnutzen. Daher parkte sie circa fünfzig Meter vor Parcifals Blockhütte neben einem Baumstammstapel. Als sie sich dem Haus näherte, sah sie Parcifals VW Käfer. Aber das hatte nicht unbedingt zu bedeuten, dass er schon zu Hause war, denn Barbara wusste, dass er oft mit dem Fahrrad fuhr. Bevor sie auf die Veranda trat, stellte sie ihre Schnittchen ab und versuchte so behände und leise wie nur möglich, sich der Seite zu nähern, die zur Seeseite zeigte. Drinnen brannte Licht, das die Bohlen der Veranda dunkel polierte. Barbara schmiegte sich an die Hauswand, Zentimeter für Zentimeter schob sie sich vorwärts, lugte in das Innere des Wohnzimmers und sah Holger. Der saß jedoch nicht mit

Parcifal am Tisch und spielte Schach. Nein, Holger schlich, geheimnisvoll um sich blickend, zur Tür des Schlafzimmers von Parcifal. Parcifal war nicht zu sehen.

Als ihr Mann nach kurzer Zeit wieder herauskam, sehr vorsichtig die Tür schloss und auf Zehenspitzen im Flur verschwand, war Barbaras Neugier kaum zu zügeln. Was ging da vor sich?

Sie stöckelte um das Haus herum, drückte die Klinke der Haustür herunter – unverschlossen. Die Zimmertüren im Auge klinkte sie jene zu Parcifals Schlafzimmer auf, er lag im Bett und schnarchte. Aber wo war Holger geblieben? Barbara lauschte. Leise Stimmen kamen aus dem Keller. Da war sie sich sicher. Unter der Kellertür leuchtete ein Spaltbreit Licht.

Barbaras Herz klopfte zum Zerspringen, als sie die Kellertür öffnete und Schritt für Schritt die Betonstufen hinunter schlich. Hier unten war sie noch nie gewesen. Ihre Besuche bei Parcifal, wenn er Holger und sie zum Kaffeetrinken eingeladen hatte, was auch erst dreimal vorgekommen war, hatten sich auf Aufenthalte im Erdgeschoss beschränkt.

Drei Türen waren hier unten zu sehen. In dem Zimmer linker Hand schien etwas stattzufinden.

Barbara schwitzte unter der Perücke. Sie merkte, wie ihr einige Tropfen von der Stirn in die Augen rannen. Aber ihre Wimperntusche war wasserfest. Konnte kein tränendes Brennen verursachen. Barbara wischte sich mit dem Mantelärmel über das Gesicht. Ihre Finger berührten die Türklinke. Der sich öffnende Spalt zeigte ihr noch nichts außer Helligkeit. Langsam schob sie den Kopf in den Türspalt. Ihr stockte der Atem. Sie schlug sich die Hände vor den Mund, um ihre Anwesenheit nicht zu verraten.

6. Kapitel

Ich trat am Abend aus dem Haus und blieb am Ende des Stegs stehen. Angstvoll sah ich über den See. Meine Gedanken jagten durcheinander, kreisten, fanden keinen Anhaltspunkt. Ich blinzelte in die Dunkelheit und konzentrierte mich, weil ich am anderen Seeufer Lichter aufblitzen sah. Dort drüben schien irgendetwas im Gange zu sein. Starke Taschenlampen huschten in wirren Zuckungen durch das Unterholz. Kurze Zeit später flammten grelle Scheinwerfer auf und tauchten die andere Uferseite in Helligkeit, gepaart mit flackerndem Blaulicht. Dort drüben schien etwas passiert zu sein.

Polizeipräsenz. Ich versuchte, mit den Augen die Dunkelheit zu durchdringen. Vergebens. So beschloss ich, einen Spaziergang zu machen. Ich ging ins Haus zurück, zog die Wetterjacke und festes Schuhwerk an und machte mich auf den Weg. Um den See zu umrunden brauchte ich forschen Schrittes gut zwei Stunden. Bis zur anderen Uferseite eine Stunde. Ich kannte jede Baumwurzel, benutzte aber doch meine Taschenlampe. Schon um anderen zu demonstrieren, dass da noch jemand war. Ein Jogger hatte mich in der Dunkelheit schon einmal fast über den Haufen gerannt. Den See zu umrunden war für Sportbegeisterte ein Highlight. Ich freute mich immer wieder, dass sie nicht direkt an meinem Haus vorbeiliefen. Das Joggerparadies streckte sich in einem weiten Bogen daran vorbei. So blieb ich vor Belästigung verschont.

Je näher ich dem Lichtermeer kam, desto lauter tönte das Stimmengewirr. Doch dann war kein Weiterkommen mehr. Absperrbänder verhinderten eine Annäherung an den Ort des Geschehens. Einen Polizisten, der in einigen Metern Entfernung patrouillierte, kannte ich aus meiner Schulzeit. Frank Busch.

»Hallo, Frank. Was ist denn hier los?«, rief ich hinüber.

»Hallo, Parcifal. Die haben hier eine angespülte Leiche gefunden. Der Hund von Stockmanns hat sie aufgespürt. Hat wie verrückt auf seiner Gassirunde gebellt und als Stockmann nachsehen ging … na ja, da fand er einen kaputten Sack am Ufer und ein Fuß ragte heraus.«

»Oh, Gott. Weiß man, wer es ist?«

»Nee. Ist aber eine Frau.«

»Und nun?«

»Naja, das Übliche. Spurensicherung und Leiche in die Pathologie.«

Ich war bestürzt. Seit ich hier wohnte, hatte es hier nie eine Leiche gegeben. Also, nicht so. Im nächsten Moment sandte mir mein Gehirn eine weitere Schocknachricht. Isabel! Sie war verschwunden. Und jetzt war hier am See eine Frauenleiche angespült worden. Ich spürte, wie mir der Schweiß aus allen Poren schoss. Mir wurde übel.

»Das … das ist ja furchtbar. Sie … sie wird wohl ertrunken sein«, stotterte ich.

»Ertrunken? Nee, Parcifal. Das hier ist Mord. Sie war in einem Sack. Da muss sie jemand reingetan haben. Man steigt ja nicht in einen Sack und geht ins Wasser. Wie soll das denn gehen? Der Sack war von außen zugeschnürt. Mit Paketschnur, verstehst du?«

»Mit … mit Paketschnur? Oje. Na, ich geh dann mal wieder zurück. Hier komme ich ja eh nicht weiter. Schönen Abend noch, Frank.«

»Dir auch, Parcifal. Haben uns ja lange nicht gesehen. Wir haben demnächst ja ein Klassentreffen geplant. Hast du die Einladung schon bekommen? Marlene hat sie vor vier Wochen verschickt.«

»Ja, ich glaube das war im Briefkasten. Mal sehen, ob ich es einrichten kann.«

»Wär schön. Richard wird nicht kommen, der ist in den Staaten und Jürgen ist ja schon vor zwei Jahren an Krebs gestorben. Sonst haben wir alle aufgetrieben. Das wird bestimmt eine Gaudi.«

Ich nickte freundlich und wandte mich ab. Ich hatte nicht vorgehabt, dorthin zu gehen. Das würde nur wieder ein Spießrutenlaufen werden.

In Gedanken versunken stolperte ich meinen Weg zurück. Die Leiche verstärkte mein Unwohlsein derartig, dass ich Magenschmerzen bekam. Die klare, kalte Luft verhinderte aber, dass ich mich am Wegrand übergeben musste. Als ich endlich zu Hause ankam, setzte ich mich im dunklen Wohnzimmer auf die Couch und starrte mit leeren Augen in die Nacht hinaus. Was, wenn die Frauenleiche Isabel war? Was war passiert? Mein Gehirn raste. Endlich wankte ich zu meinem Schrankfach mit dem Alkoholvorrat und trank den Wodka direkt aus der Flasche. Ich redete mir ein, dass es niemals Isabel sein könnte. Warum sollte sie jemand getötet und in einen Sack gesperrt haben, wenn sie hier entkommen war? Der Alkohol versetzte mich in einen Dämmerzustand. Und höchstwahrscheinlich war es gar nicht Isabel. Aber wenn nicht – wo war sie dann? Ich fand in dieser Nacht keine Ruhe. Ich spazierte zwischen Sofa und Schrankfach hin und her.

Als der Morgen graute, sah ich noch schlimmer aus als sonst. Meine Züge hingen doppelt so schief wie üblich. Ich beschloss, eiskalt zu duschen. In den See wollte ich heute nicht springen. Ganz kurz dachte ich an den Gegenstand, den ich gestern mit den Füßen beim Schwimmen gespürt hatte. Den ich weggeschubst hatte. Mein Gott, war das die Leiche gewesen? Mir gruselte und eine Gänsehaut zog die Beine hoch. Fast hatte ich das Gefühl, an meinen Füßen klebte Leichenfett. Ich schaffte es kaum ins Badezimmer. Mir war, als müsse ich den Leichen auf dem Fußboden aus dem Wege gehen, stakste über Beine, Arme und Köpfe und kam kaum vorwärts. Das Grauen hielt mich in seinen Klauen. Aus dem Duschkopf kam kein Wasser – ich fühlte mich von Tränen, Speichel und Erbrochenem überschüttet. Zähne und Knochen marterten meine Haut.

Schleim verklebte meine Haare. Ich floh aus der Dusche, versuchte schlotternd, in meine Kleidung zu kommen, der Haustürschlüssel fiel dreimal zu Boden, im Auto legte ich den falschen Gang ein und fuhr vorwärts statt rückwärts. Der Kotflügel touchierte einen Baum.

Als ich endlich das Bürogebäude erreichte, wusste ich nicht mehr, wie ich dorthin gekommen war. Es war viel zu früh, Frau Rose saß noch nicht am Empfangstresen. Ich sah Isabel imaginär dort sitzen und hechtete die Treppenstufen empor, als wäre der Teufel hinter mir her. Verdammt, ich musste mich zusammenreißen. Holger durfte nichts merken. Wie ich diesen Tag überstehen sollte, war mir allerdings schleierhaft. Erst jetzt fiel mir auf, dass ich noch meine Hausschuhe trug. Gott sei Dank Birkenstock-Latschen, die ich auch im Büro, der Bequemlichkeit wegen, benutzen konnte.

Als Holger das Büro betrat, schob ich meine Füße so tief wie möglich unter den Schreibtisch.

»Morgen, Parcifal, ah, letzter Arbeitstag für diese Woche. Du freust dich wohl aufs Wochenende? Hast du was geplant?

»Ich gehe vielleicht oben bei der Burg Loomkanden Schach spielen, wenn sich dort Spieler einfinden. Das Wetter soll ganz angenehm werden.«

»Mit diesen fast mannshohen Figuren auf dem Riesenbrett verliere ich den Überblick. Die Dinger auf die richtigen Felder zu schleppen, ist mir zu anstrengend. Ich verlaufe mich immer.«

»Gewohnheitssache.«

»Und abends?«

»Was abends?«

»Was machst du abends?«

»Fernsehen, Musik hören.«

»Ich könnte dich morgen Abend besuchen. Barbara will mit 'ner Freundin ins Kino. Ich könnte was Handfestes mitbringen. Hab noch ‚ne richtig gute Flasche Whiskey im Keller.«

»Am Wochenende hast du mich doch noch nie besucht.«

»Nee, aber dieses Wochenende würde gut passen.«

Ich wand mich. Ich wollte alleine sein. Nachdenken. Keine Menschenseele sehen. Aber ich wollte auf keinen Fall unhöflich sein und sagte: »Wir können ja telefonieren. Vielleicht fahre ich auch in die Stadt.«

»Was willst du abends in der Stadt?«

»Rumlaufen.«

»Rumlaufen? Was ist das denn für ein Vergnügen?«

»Ich mag das nun mal. Nur rumlaufen. Leute angucken. Sich treiben lassen.«

»Du bist ein komischer Kauz. Aber macht ja nichts. Ich komme trotzdem. Du kannst den Haustürschlüssel ja unter den Blumentopf oder die Fußmatte legen. Ich warte dann drinnen, bis du vom Leuteangucken zurück bist.«

Darauf wusste ich nichts mehr zu antworten. Ich nickte achselzuckend und beugte mich über meinen Aktenstapel.

In der Mittagspause, in der ich die Kantine aufsuchte und mir Bratfisch mit Kartoffelpüree aussuchte, war die Leiche aus dem See das Gesprächsthema. Ich beugte mich über meinen Teller, lauschte begierig den spekulativen Äußerungen der Kollegen und sprach nichts. Das verwunderte niemanden, denn ich sprach nie sehr viel.

Erst als eine Mitarbeiterin, die mir gegenübersaß, mich ansah und fragte: »Herr Wingenfelder, was sagen Sie zu diesem schrecklichen Fund? In unserem See. Und man weiß angeblich nicht, wer die Frau ist. Aus unserer

Stadt kann sie ja nicht sein, da niemand hier jemanden vermisst«, musste ich mich äußern, um nicht unhöflich und desinteressiert zu wirken.

»Ja, ich weiß auch nicht. Schlimme Sache, das Ganze.«

Die Kollegin beugte sich zu mir hinüber. »Wissen Sie, was ich gehört habe? Sie war nackt! Sie soll lediglich irgendetwas Komisches um den Hals gehabt haben. Was sagen Sie dazu? Was will der Mörder uns damit sagen? Das kann doch nur ein Perverser gewesen sein. Und so was läuft hier frei rum! Also ich gehe abends nicht mehr auf die Straße. Ich habe die Information von Frank Busch. Der ist bei der Polizei. Er ist quasi mein Nachbar. Wir benutzen den gleichen Bus morgens zur Arbeit. Ich bin ja aus allen Wolken gefallen. Ich kann mich gar nicht auf meine Arbeit konzentrieren. Unentwegt schrecke ich zusammen, wenn meine Bürotür aufgeht und ich denke, wenn das nun der Mörder ist. Im Prinzip könnte es jeder hier in der Kantine sein, oder Herr Wingenfelder? Auch Sie ... oder ich.« Die Kollegin ließ ein nervöses Kichern ertönen und blickte sich angstvoll um.

»Nein, Frau Fischer, das dürfen Sie nicht denken. Lassen Sie es nicht so nah an sich ran. Sie machen sich ja verrückt damit«, antwortete ich begütigend, wenn auch nicht sehr überzeugend.

Frau Fischer sah mich an, atmete tief durch. »Ach, Herr Wingenfelder, Ihre Stimme beruhigt mich gerade sehr. Sie klingt immer so einfühlsam. Dennoch, ich fühle mich nur noch in meinen eigenen vier Wänden sicher, das sage ich Ihnen. Bis der Typ nicht gefasst ist ... also da bange ich um mein Leben.« Frau Fischer griff nach ihrem Tablett und marschierte, um sich blickend, zur Geschirrrückgabe.

Ich löffelte meinen Nachtisch in mich hinein, Bananen-Quark, erhob mich und schlängelte mich durch die Reihen der Tische. Das Stimmengewirr im Raum beleidigte meine Ohren. So laut war es hier sonst nie. Meistens aßen die Menschen in Ruhe, sprachen, wenn überhaupt, leise. Heute erinnerte mich die Kantine an einen Jahrmarkt.

Ich hatte so eine unbeschreibliche Angst, dass es Isabel sein könnte, dass ich dachte, man sieht mir an, dass ich sie verschleppt hatte. Und sie nun gar womöglich ... Ich war kaum in der Lage zu denken, mich zu bewegen.

Ich löste Holger ab, der nach mir zu Tisch ging. Als ich meine obere Schreibtischschublade öffnete, blickte ich auf den Aktendeckel, den ich vorgestern von Holgers Stapel genommen hatte. Ich öffnete ihn. Die Steuererklärung von Isabels Freundin, Svenja Jakobi. Ich war den beiden Frauen einmal in einem Café in der Stadt begegnet und Isabel hatte sie mir vorgestellt. Ich notierte Adresse und Telefonnummer. Wenn die Leiche im See wirklich Isabel war, musste ich herausfinden, ob die Freundin etwas wusste. Wie ich das anstellen sollte, ohne mich verdächtig zu machen, war mir jedoch schleierhaft.

Holger kam von seiner Mittagspause zurück und redete wie ein Wasserfall über seine Vermutungen zur Wasserleiche. Ich konnte es nicht mehr hören.

»Mann, Holger, das sind doch alles Gedankenfiktionen. Man weiß doch nichts. Irgendwann wird die Polizei schon etwas von sich geben. Wir sollten uns jetzt unserer Arbeit widmen.«

»Hm, wie du meinst«, brummte Holger nicht überzeugt.

7. Kapitel

Burg Loomkanden, auf einem Berg erbaut, von dem man den See überblicken konnte, war für Touristen schon deshalb ein Muss, weil die Gegend um den See außer einem Café und einem Bootsverleih nichts zu bieten hatte. Große Schilfregionen säumten das Ufer, sodass Badewütige kaum ein befestigtes Plätzchen fanden. Wer sich in diese Ecke verirrte, besichtigte die Burg und ein Puppenmuseum im Dorf. Es gab einen Busshuttle aus der nächsten Stadt, der hier haltmachte und am Fuß des Berges seine Fracht auslud. Von dort aus musste geklettert werden. Der Weg durch den Wald war schön, aber anstrengend, denn es ging konstant bergauf. Erreichte man die letzte Biegung und das Plateau, hatte man es geschafft. Ein Kiosk versorgte die Besucher mit Getränken, Eis, Snacks und Andenkenkitsch in Form von Postkarten, Kaffeebechern und Burgminiaturen aus Plastik.

Eine Zugbrücke über einen mittlerweile ausgetrockneten Burggraben führte zum Eingang der Burg, in deren erstem Gewölbe ein Kassierraum seinen Platz hatte. Hier saß Henri Langhans und verkaufte täglich außer montags Eintrittskarten von März bis Oktober, zwischen 9 Uhr 30 und 13 Uhr und von 14 Uhr bis 17 Uhr.

Er war dabei gewesen, als der TÜV die Sicherheit der Burg im Februar überprüft hatte und übte seitdem auch eine Art Hausmeisterposten aus, der darin bestand, dass er zumeist älteren Damen und Herren beim Abstieg über eine steile Steintreppe ohne Geländer behilflich war, die dachten, den Rundgang 2 benutzen zu können. Da musste vorher durch ein Loch im Boden geklettert werden, was allein schon mühselig war. Danach raubte es den Ausflüglern den Atem, wenn sie unter sich in die Tiefe ohne jeglichen Halt blickten. Lediglich ein Tau an den Mauersteinen konnte ergriffen werden. Henri wies zwar jeden Besucher darauf hin und empfahl Rundgang 1, der die Schwierigkeit umging, doch die meisten waren überzeugt, fit genug für diese Gefahrenzone zu sein. Immerhin gab es einen roten Knopf, den die Furchtsamen drücken konnten, sodass Henri an seinem Schreibtisch sah, welches Problem sich gerade auftat. Dann musste er seinen Posten verlassen und helfen. Da er auch den Kiosk bediente und sich um die Elektrik und Alarmanlage kümmerte, hatte er gut zu tun. Jetzt, Ende März, hielt sich der Touristenstrom in Grenzen und Henri fand Zeit und Muße, den Schachspielern zuzuschauen, die die hohen Figuren auf den Steinplatten rechts des Eingangs hin- und herschoben. Das Spiel interessierte ihn. Er hatte sich Sachbücher und einen Schachcomputer gekauft, gegen den er antrat, um eines Tages real mitspielen zu können.

Eine Dame, die ebenfalls zusah, kam auf ihn zu und bat um eine Eintrittskarte. Henri schnüffelte, als ihr Parfüm ihn umnebelte. Automatisch kassierte er den Betrag, übergab ihr das Wechselgeld und machte sie auf die Hürde von Rundgang 2 aufmerksam.

Die Dame kicherte laut. »Ach, ich hätte nichts dagegen, wenn Sie mich dann retten müssten.«

Henri starrte sie an. Eine Gänsehaut breitete sich auf seiner Kopfhaut aus und überzog ihn bis zu den Zehen. »Ich … ich hätte auch nichts dagegen«, würgte er hervor.

Die dick von Kajal umrahmten Augen der Dame fixierten ihn von oben bis unten. Zwischen ihren grellrot geschminkten Lippen zeigte sich die Zunge, die anfing zu spielen.

Henri starrte die Zunge wie hypnotisiert an.

»Na dann, dann warte ich mal auf meine Rettung«, gurrte sie, wandte sich dem Torbogen zum Rundgang zu, drehte sich noch einmal um, öffnete den Reißverschluss ihrer Jacke und reckte ihre vollen Brüste in Henris Richtung.

Fünfzehn Minuten später flackerte Henris rote Alarmlampe. Er schob seine Glasscheibe mit dem Schild ‚Bin gleich wieder da‘ zu und machte sich auf den Weg.

Wie erwartet, stand die Frau auf dem Absatz des Turmes und kreischte: »Oh, ich hätte auf Sie hören sollen. Da kann ich nicht hinunter. Ich passe niemals durch diese Öffnung. Was, wenn ich stecken bleibe? Aber zurück komme ich auch nicht. Das Gitter ist hinter mir zugefallen. Ich brauche tatsächlich meinen Retter.«

Henri zog einen Schlüssel aus der Tasche und öffnete die Gittertür. Sie fiel automatisch ins Schloss, sobald die Besucher die Plattform erreicht hatten. Die Steintreppe zurück war so schmal, dass sich Aufsteigende und Abwärtsflüchtende ins Gehege kamen und Unfälle vorprogrammiert waren. Henri musste daher zunächst die Treppe von Besuchern befreien, den Zugang zur Treppe unten sperren, um dann die Angsthasen von oben wieder nach unten zu bugsieren. Er war einfach nicht anders möglich. Die Stadtväter weigerten sich, hier neue Wege zu finanzieren, weil sowieso Rundgang 1 zur Verfügung stand.

»Alles gut. Nun bin ich ja da. Kommen Sie einfach vorsichtig hinter mir her«, sagte Henri.

»Nichts lieber als das«, scherzte die Dame und plinkerte ihm zu.

Auf dem Weg nach unten spürte Henri den Atem der Frau in seinem Nacken. Ihr aufdringliches Parfüm kitzelte seine Nase und brachte ihn zum Niesen. Henri wusste, dass er nur mit dem Finger schnippen musste und diese Lady würde ihm zu Willen sein.

Am Ende der Treppe rückte sie ihm auf die Pelle. Sie reichte ihm bis zur Brust, legte den Kopf in den Nacken und schmachtete ihn an. »Wie kann ich das wieder gutmachen?«

»Machen Sie sich bitte keine Gedanken. Dafür bin ich ja da.«

»Wofür?«

»Damen aus Notlagen zu retten.«

»Darf ich Sie heute Abend zum Essen einladen? Als Wiedergutmachung sozusagen?«

Henri schluckte. »Sie wohnen im Dorf?«

»Nein, noch nicht. Ich bin nur heute hier. Aber das kann sich ja ändern. Ich reise so durch die Weltgeschichte. Zu Hause fällt mir die Decke auf den Kopf. Aber es gibt im Dorf bestimmt einen Gasthof, wo man etwas essen könnte.«

»Ich kann hier nicht weg. Ich muss hier einhüten.«

»Die ganze Nacht?«

Henri nickte.

»Ich könnte Ihnen beim Einhüten behilflich sein.«

Henri starrte die Frau an. »Dass das klar ist. Das ist Ihre freiwillige Entscheidung. Hier spukt es nachts.«

»Ach, wie gruselig. Ich mag Spukiges. Wann haben Sie denn Feierabend? Ich könnte so lange den Schachspielern da draußen zusehen.«

»Um fünf Uhr.«

»Noch zwei Stunden. Bringen Sie mir einen Kaffee?«

Henri nickte. »Ich hole mir auch einen und schaue denen da drüben ebenfalls zu. Im Moment ist eh nichts los. Um diese Jahreszeit kommen noch nicht so viele Burggaffer. Der Schlaksige, er heißt Parcifal, spielt richtig gut. Gegen ihn verlieren die anderen meistens. Irgendwann werde ich ihn mal herausfordern.«

»Er kann Ihnen schon jetzt nicht das Wasser reichen«, entgegnete die Dame anzüglich und betrachtete Henri von oben bis unten. Henri wusste, dass die Damen ihn attraktiv fanden, auch wenn er sich immer fragte, warum. Er war Mitte fünfzig. Seine dunklen, bereits stellenweise grau melierten Haare wusch er zweimal die Woche, sein Oberlippenbärtchen stutzte er einmal die Woche und ansonsten bestand sein persönliches Pflegeprogramm aus Wasser und Seife. Er war groß und kräftig, wettergegerbt und immer guter Laune. Vor drei Jahren hatte er sich von seiner Ehefrau getrennt und sich seitdem mit verschiedenen Jobs über Wasser gehalten. So wie ihm jetzt der Kassierer- und Hausmeisterjob gerade recht kam. Henri fühlte sich hier ein bisschen wie der Burgherr.

Gegen sechzehn Uhr verließen die Schachspieler das Plateau, um vor Einbruch der Dunkelheit unten im Dorf anzukommen.

»Haben Sie eine Wohnung hier in der Burg?«, fragte die Dame, von der Henri mittlerweile wusste, dass sie Antonia hieß, seit fünf Jahren Witwe war und in der Nähe von München lebte. Mit ihrer Bahnjahreskarte fuhr sie gerne und oft durch die Gegend. Sie mochte Züge und Bahnhöfe, landete oftmals da, wo sie eigentlich gar nicht hingewollt hatte, denn wenn sie gesprächige Mitreisende traf, begleitete sie diese bis zu deren Zielort. Mit ihrem Mann hatte sie so geordnet und organisiert gelebt, dass sie die nun unstrukturierte Freiheit über alles liebte. Meistens reiste sie alleine. Ihre Freundinnen wollte von vornherein wissen, wohin es ging, eine Unterkunft musste gebucht und die Freizeit geregelt sein. Und davon hatte Antonia die Nase gestrichen voll.

»Ein Raum für Notfälle«, entgegnete Henri. »Übrigens ungeheizt. Ich müsste jetzt hier abschließen und die Alarmanlage aktivieren. Und jede halbe Stunde mache ich einen Rundgang und überprüfe alles. Ich muss ja hier einhüten.«

»Wo und wann schlafen Sie denn?«

»Heute hier im Kassierraum im Sessel. Sonst weiter oben in einer Jagdhütte.«

Antonias verzog das Gesicht. Ihr Blick registrierte die Dämmerung, sie schrak vor dem Abstieg durch den Wald ins Dorf zurück, dabei hatte sie sich eine sinnliche Nacht mit diesem attraktiven Mann ausgemalt. Doch auf eine ungemütliche Sesselnummer hatte sie keine Lust.

»Ich glaube, ich brauche ein heißes Bad, eine warme Mahlzeit und ein kuscheliges Bett. Wann fährt der letzte Bus ins Dorf von der Station da unten?«

»In einer Viertelstunde.«

»Dann trabe ich mal los. Adieu, Henri. War mir ein Vergnügen, mit Ihnen zu plaudern. Welche Pension im Dorf ist ganz passabel?«

»Im Loomkanden Fürst lässt es sich ganz gut aushalten.«

»Dann bin ich da zu finden. Wenn Sie mir vielleicht doch heute Abend Gesellschaft leisten möchten … Klopfen Sie ungeniert, mein Lieber.« Antonia stelle sich auf die Zehenspitzen, küsste Henri keck auf den Mund und presste ihre Zunge zwischen seine geschlossenen Lippen. Ihr Körper drängte sich eilig an ihn. Eine Duftwolke ihres Parfüms stieg ihm in alle Körperöffnungen.

Sein Blick folgte ihr, als sie hinter den Tannen verschwand und ihm einladend zuwinkte.

8. Kapitel

Als ich am Samstagabend nach einem für mich erfolgreich verlaufenden Schachspiel oben auf der Burg zu Hause eintraf, freute ich mich auf eine ordentliche Portion Gulasch mit Nudeln, die ich mir am Vormittag vorgekocht hatte. Ich schaltete den Herd und das Radio an, schlüpfte in bequeme Sachen und gönnte mir ein daumenbreit gefülltes Glas Whiskey zum Durchwärmen.

Kaum hatte ich mich zum Essen nieder gelassen, hörte ich jemanden an der Haustür klopfen. Ich erwog, so zu tun, als ob ich nicht da wäre, doch dann hörte ich Holgers Stimme und schlurfte resigniert zur Tür.

»Parcifal, du bist also da. Barbara ist schon los und da konnte ich eher kommen. Was duftet hier so? Isst du gerade etwas? Kann ich mitessen? Ich hatte heute noch nichts. Barbara wollte mittags nichts kochen, sondern lieber in ihrem Atelier oben rumbasteln. Die und ihre Perücken. Die Frau macht mich wahnsinnig mit ihren Haaren.«

Ich seufzte, holte Teller und Besteck aus der Küche und füllte Holger auf, der sich zufrieden am Tisch niederließ und das Essen lobte.

»Und sonst, warst du schon in der Stadt Leute angucken?«, fragte er mit vollem Mund.

Ich schluckte herunter, ehe ich antwortete. »Nein, ich war oben auf der Burg Schach spielen und jetzt habe ich keine Lust mehr, in die Stadt zu fahren. Ich wollte es mir gemütlich machen.«

Holger verstand den Wink mit dem Zaunpfahl nicht, sagte: »Gemütlich hört sich gut an. Habe einen guten Tropfen mitgebracht. Schach oder Fernsehen?«

»Was du möchtest«, grunzte ich leicht ungehalten.

Sofort nach dem Essen schenkte Holger mir ein großes Glas Whiskey ein.

»So, Junge, nun wollen wir es uns mal so richtig gemütlich machen.«

Bedauerlicherweise schlief ich in der zweiten Halbzeit des Bundesligaspiels, das wir eingeschaltet hatten, ein.

Holger war währenddessen in den Flur geschlichen, hatte nach den Kellerschlüsseln gegriffen, die am Brett hingen und war in den Keller geeilt. Ich kann das so schreiben, weil er es mir sehr viel später erzählt hatte.

Als er den Raum und das Bett leer vorfand, fluchte er vor sich hin. Wie hatte er sich auf diesen Augenblick gefreut. Den ganzen Tag über hatte er bereits ein sehnsüchtiges Kribbeln in seinen Lenden verspürt und nun das. Isabel Glantz war nicht mehr da. Sein Gehirn raste, er stürzte nach oben, rüttelte an mir herum.

»Parcifal, wo hast du Isabel gelassen? Wenn du denkst, du kannst alleine mit ihr rummachen, hast du dich geschnitten. Sag mir, wo sie ist oder ich gehe zur Polizei.«

»Was ist los? Ich gehe ins Bett. Ich …« Ich rappelte mich aus dem Sessel hoch, rannte ins Badezimmer und Holger berichtete später, dass er die wohlbekannten Würgegeräusche von Betrunkenen vernommen hatte.

Als sich die Tür endlich öffnete, torkelte ich als kreidebleiche Mumie über den Flur ins Schlafzimmer, berichtete er mir, und wenig später war nur mein Schnarchen zu hören. Von mir würde er heute keine Informationen mehr bekommen, das wusste er. Er blickte auf seine Armbanduhr. Noch nicht einmal zwanzig Uhr.

Enttäuscht inspizierte er alle Räume des Hauses und als er nichts fand, versperrte er die Haustür, legte den Schlüssel unter einen Blumentopf und beschloss, in die Stadt zu fahren. Als die Scheinwerfer seines Autos den Waldweg durchtanzten, war sein Fuß kurz auf die Bremse getreten. War da nicht jemand im Wald unterwegs? Holger schaltete die Scheinwerfer aus und versuchte, das Dunkel mit seinen Blicken zu durchdringen. Irgendetwas auf dem Weg zu Parcifals Haus hatte dort hinten kurz aufgeblinkt. Zwischen den Tannen hatte es regelmäßig blau und rot, blau und rot geblinkt und sich dann verloren. Einen Augenblick wartete er ab, dann fuhr er weiter. In Holgers Kopf entstand die Idee, das Bordell in der Stadt aufzusuchen. Als er jedoch im Dorf an seinem Zuhause vorbeifuhr, entschied er sich anders. Barbara war nicht da und er konnte sich genüsslich den Boxkampf zwischen Wladimir Klitschko und Anthony Joshua reinziehen. Das sparte Geld und irgendwie verspürte er nur Lust auf Isabel und nicht auf eine allzu willige Nutte. Wieder und wieder hatte er sich gefragt, wo ich diese Frau gelassen hatte. Als er daheim die Haustür aufschloss und zum Lichtschalter tastete, bemerkte er im oberen dunklen Flur einen Lichtspalt. Offensichtlich hatte Barbara vergessen, das Licht in ihrem Atelier zu löschen. Holger zog seine Schuhe aus und stieg die Treppe hoch. Kurz vor der Tür verharrte er. Sprach da nicht jemand? Holger schlich auf Zehenspitzen zur Tür und lauschte.

»So schöne Haare. Glatt wie Seide, leicht wie Federn, dunkel wie poliertes Ebenholz« , hörte er eine Art Singsang, sich wiederholend in einer fortwährenden Melodie.

Barbara.

Sie war also nicht ins Kino gegangen. Bastelte offensichtlich immer noch an ihren Perücken herum.

»Jung werde ich sein, mit diesen Haaren fein, sie sind nicht mehr dein, nun sind sie mein.«

Holger entfernte sich leise. Ging die Treppe hinunter, zur Haustür hinaus und zur Dorfschenke.

Hier war der Leichenfund vom See Gesprächsthema. Da keine Frau im Dorf vermisst wurde, musste die eingerichtete Soko die pathologischen Daten mit den Vermissten bundesweit abgleichen. Damit war bereits begonnen worden, hatte aber bislang zu keinem Ergebnis geführt. So gab jedenfalls Frank Busch seine Insiderinformationen zum Besten. Holger war damals ganz kurz der Gedanke gekommen, ob Isabel Glantz vielleicht die Leiche war, doch konnte er sich nicht vorstellen, dass mir so etwas zuzutrauen wäre. Und da hier im Dorf niemand vermisst wurde, konnte sie es ja nicht sein.

»Die Frau war so um die Mitte fünfzig, mehr oder weniger. Das ist erwiesen«, erzählte Frank.

Holger atmete auf. Es war auf keinen Fall Isabel. Die musste dann aber irgendwo sein. Und, so grübelte er, wenn die draußen wieder frei rumlief, könnte sich das für ihn fatal auswirken. Sie würde vielleicht erzählen, dass er sie im Keller vergewaltigt hatte.

Frank hatte sich über den Tisch gebeugt. Seine Stimme war leise geworden. »Das wirklich Markante an der nackten Leiche war ein Schmuckstück, das um ihren Hals gelegt war. Ein breites rotes Samtband. Daran baumelte ein winziger Flakon, gefüllt mit Parfüm. Jetzt versucht die Soko rauszukriegen, wo solche Dinger verkauft werden. Ist natürlich eine Heidenarbeit. Aber die Hochbezahlten in der Stadt müssen ja was zu tun haben. Wir hier im Dorf dürfen Parksünder verärgern, betrunkene Jugendliche einsammeln und Temposünder ablichten. Aber vielleicht recherchiere ich auf eigene Faust ein bisschen und werde fündig. Dann ist eine Beförderung fällig, das sage ich euch.«

»Du glaubst doch nicht, dass du mehr erreichst als die Super Soko mit ihrem ganzen Equipment«, brummte Holger.

»Ich suche keine Samtbänder und Parfümfläschchen. Ich grabe nach Mülltüten und Klebeband.«

»Hä?«

Frank winkte ab. »Ich sage nichts weiter. Wäre ja auch blöde von mir, euch in alles einzuweihen.«

Nach einigen Dart-Runden machte Holger sich auf den Heimweg. Es war weit nach Mitternacht, als er seine Haustür aufschloss.

Fast sofort stand Barbara im Flur und keifte los: »Wo kommst du denn her? Du riechst nach Alkohol ...«, sie schnüffelte, »... und sonstigen Ausschweifungen.«

»Ich war im Dorfkrug, Dart spielen. Wie war das Kino?«

»Klasse. Toller Film.«

Holger schaute seine Frau aus verquollenen Augen an. Unter den Lockenwicklern in ihrem eigenen spärlichen Haar schimmerte die blasse Kopfhaut unter der Flurlampe durch. Ihr Gesicht glänzte von einer fetthaltigen Nachtcreme. Ihren Bademantel zierten einige Colaflecken. Sie wusste nicht, dass er wusste, dass sie gar nicht im Kino gewesen war. Holger beschloss, sie in dem Glauben zu lassen.

Es war ihm egal gewesen, hatte er sich mir gegenüber später geäußert.

»Na, gehen wir zu Bett«, sagte er.

»Ich werde wieder die halbe Nacht kein Auge zumachen können. Bei deiner Alkoholfahne. Dieser Geruch. Fürchterlich. Und du schnarchst dann derartig, dass ich dich erschießen könnte. Mein Gott, morgen werde ich wie gerädert sein. Aber dann kannst du den Sperrmüll, der unsere Garage unbrauchbar für das Auto macht, allein entsorgen.«

Barbara schlurfte ins Schlafzimmer und löschte das Licht. Sollte Holger doch, wenn er denn kam, sich die Zehen an den Bettpfosten stoßen. Sie lauschte fast atemlos, als er sich auszog und auf seine Bettseite kroch, mit dem Gesicht zur Wand. Gut, wenn er es so wollte. Auch Barbara drehte sich auf die andere Seite. Bereits Sekunden später hörte sie die ersten Grunzlaute.

Morgen früh würde sie an ihrem Meisterwerk im Atelier weiter arbeiten. Wenn diese Perücke fertig war und ihren Kopf schmückte, würde sie dreißig Jahre jünger aussehen, Parcifal würde sich unsterblich in sie verlieben und sie mit seiner Stimme ins Paradies gleiten lassen. Und Holger – Holger würde sie vor Eifersucht keine Sekunde aus den Augen lassen und ihr jeden Wunsch von den Augen ablesen.

9. Kapitel

Ich öffnete Sonntagmorgen die Haustür, atmete drei Mal tief ein und aus und trat auf den Steg hinaus. Ich spürte noch den Alkohol vom Abend vorher. So konnte es nicht weitergehen, Schluss damit, mich abzufüllen, wenn Holger kam. Beziehungsweise, würde ich mich an Mineralwasser halten und ihn seinen Vorrat alleine trinken lassen.

Ich reckte mich, lief ans Ende des Steges und hechtete nackt wie immer ins Wasser. Auf halbem Weg zurück stießen meine Füße an etwas Hartes. Nichts Kleines, etwas Großes. Meine Füße tasteten. Ein Schauer durchrann mich. Ich legte mich auf den Rücken und schob den Gegenstand mit den Füßen Richtung Seemitte, um ihn loszuwerden.

Angeekelt erinnerte ich mich an die Wasserleiche. Was schwamm denn hier immer im See rum? Ich geriet derartig in Panik, dass ich Wasser schluckte und Mühe hatte, wieder an Land zu kommen.

Zurück im Haus verspürte ich den brennenden Wunsch, im Keller nachzusehen, ob Isabel wirklich nicht mehr da war, schalt mich aber gleichzeitig einen Schlechtes-Gewissen-Narren. Ich ging trotzdem hinunter und sah nach. Natürlich war sie nicht da. Sofort wurde mir wieder schlecht. Ich spürte Sodbrennen, Schluckauf kam dazu. Ich trank erst einmal ein großes Glas Alka Seltzer. Ein bewährtes Hausmittel meiner Mutter. Danach beruhigte ich mich ein wenig.

Da die Sonne ihre erste Wärme ausstrahlte, beschloss ich, zur Burg hinaufzugehen. Ich hielt mich gerne dort oben auf.

Und der neue Burgwächter, wie ich Henri Langhans insgeheim nannte, schien ein ganz sympathischer Bursche zu sein und erpicht darauf, Schach zu lernen. Jedenfalls hatte ich das gestern anhand Henris begieriger Blicke und interessierten Fragen so gedeutet. Eine Touristin hatte ihn immer wieder mit Gesten abgelenkt, bis der sich dann zu mir gestellt hatte, um der aufdringlich flirtenden Dame, wie er mir gestanden hatte, zu entkommen. Nun, soweit ich das beurteilen konnte, sah Henri aber auch wirklich gut aus. Die lebendigen dunkelblauen Augen waren von vielen Lachfältchen umrahmt. Na ja, ich wurde schon faltig geboren, dachte ich amüsiert, und das hatte sich auch nie verwachsen. Meine Mutter hatte einmal gesagt, ich wäre bei der Geburt überall hängen geblieben, an jedem ihrer Knochen. Und meine Haut hätte sich davon dramatischerweise niemals mehr erholt.

Auf den letzten Metern schnaufte ich ein wenig. Dann stand ich auf dem Plateau und sah die Burg vor mir. Ich liebte den Anblick des efeuumrankten alten Gemäuers. Man kam sich sofort vor wie in einem anderen Jahrhundert. Ich sah nur Henri, der, mit einem Klemmbrett bewaffnet, auf dem Schachbrett stand und gerade den schwarzen Springer in eine neue Position brachte. Sofort notierte er etwas.

»Mahlzeit, Herr Langhans, Schulstunde?«, fragte ich, trat auf Henri zu und reichte ihm die Hand.

»Hallo, Herr Wingenfelder. Ja. Ich trainiere einige Züge, die mir mein Computer vorgeschlagen hat«.

»Darf ich zusehen, und unter Umständen meinen Senf dazu geben?«

»Natürlich, gerne. Noch eine Gemeinsamkeit.«

Ich sah ihn an. »Geben Sie auch gerne Ihren Senf dazu?«

Er stockte kurz. »Manchmal. Das meinte ich gerade nicht.«

»Ach, Sie meinten als Gemeinsamkeit das Schach spielen?«

»Auch.«

Da er anscheinend weiter nichts mehr sagen wollte, hielt ich auch den Mund. In den nächsten vierzig Minuten fachsimpelten Henri und ich über Spielzüge und wir einigten uns darauf, uns zu duzen. Als kurz vor vierzehn Uhr die ersten Touristen eintrudelten und Henri sich in sein

Kassenhäuschen zurückzog, spielte ich kurze Zeit gegen mich selbst. Nachdem aber bis fünfzehn Uhr dreißig keiner meiner sonstigen Mitspieler eingetrudelt war, entschloss ich mich, mich wieder an den Abstieg zu machen. Ich verabschiedete mich von Henri.

Kurz vor meinem Haus bog ich in den Pfad zu einem Spaziergang um den See ab. Mein Fuß verharrte, als ich im Gebüsch etwas Blinkendes sah. Ein Frosch an einem Kettchen blinkte in letzten Zügen mit seinen Augen in Blau und Rot. Da musste eine neue Batterie her. Hier hatte wohl jemand seinen Talisman verloren. Ich steckte ihn in die Hosentasche.

Ich hatte kaum die Biegung zur anderen Seeseite erreicht, als ich auf die bereits bekannten Absperrbänder der Polizei traf. Waren die hier nach Tagen immer noch auf Spurensuche? Ärgerlich, denn hier kam ich nicht weiter. Ich steige drüber weg, überlegte ich. Die haben bestimmt nur vergessen, die Bänder vom letzten Mal zu entfernen.

Bereits nach wenigen Schritten trat mir Frank Busch in den Weg. »Parcifal, was trampelst du hier herum? Hier ist abgesperrt, siehst du das nicht, du Blindfisch?«

»Ihr seid hier immer noch am Rumwühlen?«

»Nicht immer noch, sondern schon wieder. Es gibt eine neue Leiche.«

»Was?«

Frank nickte. »Also mach dich vom Acker, bevor du zum Verdächtigen wirst, wenn man womöglich deine Fußspuren eingipst.«

»Ach, du meine Seele, Frank. Weiß man schon, wer sie ist?«

»Nee. Zu frisch. Ein Angler hat sie entdeckt. Vor einer Stunde.«

»Ja, dann. Dann geh ich mal lieber wieder zurück. Was für eine Welt! Und das hier bei uns. Da mag man ja gar nicht mehr draußen rumlaufen.«

»Sieht aus, als würde es nur Frauen treffen, Parcifal. Kommst du nun eigentlich zum Klassentreffen? Marlene hat nachgefragt.«

Ich nickte abwesend und hob die Hand.

Zu Hause verschloss ich tatsächlich alle Fenster und Türen. Unterwegs hatte ich mich ohnehin alle paar Meter umgedreht und mehr als einmal lauschend verharrt. Die Angst, die mich damals anflog, war eine völlig neue Erfahrung für mich.

Ich setzte mich vor den Fernseher, konnte mich aber kaum auf den Film konzentrieren. Ich hatte die dunklen Vorhänge über die großen Fenster gezogen, was ich seit Jahren nicht getan hatte und kam mir völlig ausgeschlossen vor. Unentwegt stand ich auf, riss die Gardinen mit einem plötzlichen Ruck zur Seite, als würde da draußen ein Mörder vor der Scheibe stehen. Ich kam mir wie ein Idiot vor und legte mich gegen Mitternacht angezogen aufs Bett, um für alle Fälle sofort gerüstet zu sein.

Am nächsten Morgen verzichtete ich darauf, in den See zu springen, und fuhr mit dem Auto zur Arbeit.

Holger hielt mir sofort die Tageszeitung unter die Nase. »Sieh dir das an. Eine zweite Frauenleiche haben sie aus dem See gefischt. Und jetzt sind Fotos in der Zeitung. Weil man nicht weiß, wer die Frauen sind. Hast du die schon mal hier in der Umgebung gesehen?«

»Ich? Wieso ich? Ich lebe wie ein Einsiedler.«

Holger warf mir einen misstrauischen Blick zu, den ich damals nicht einordnen konnte.

»Was guckst du mich so komisch an?«

»Ich gucke nicht komisch. Ich wundere mich nur, dass du die Bilder nicht anschaust.«

»Na, mache ich doch.«

Natürlich sah ich mir die beiden Gesichter der Frauen mit den geschlossenen Augen an. Alles in mir stäubte sich, die Toten anzusehen.

Nur, weil Holger mir über die Schulter blickte, zwang ich mich, weiter bei den Fotos zu verweilen. Als Erstes schoss mir durch den Kopf, dass es nicht Isabel war. Meine Erleichterung war so groß, dass ich beinahe gelächelt hätte, mich aber besann, weil Holger mich anstarrte. Als Nächstes schoss mir der Gedanke durch den Kopf, die Frauen schon einmal gesehen zu haben. Ich konnte mich aber nicht erinnern, wo. Ich starrte die Bilder an und versuchte krampfhaft, einen Geistesblitz hervorzaubern zu können. Aber Leere.

»Irgendwie kommen sie mir bekannt vor. Aber ich weiß nicht, wieso«, murmelte ich, weil ich den Eindruck hatte, Holger würde auf etwas warten.

»Echt? Hast du sie in der Stadt beim Leute-Watching gesehen?«, fragte er.

»Keine Ahnung. Vielleicht flüchtig.«

»Das musst du der Polizei melden.«

»Wieso? Ich weiß weder wo noch wann. Was soll das bringen? Und ich bin mir noch nicht mal sicher, dass es so ist.«

Holger nahm mir die Zeitung weg und setzte sich an seinen Platz. »Hast du gesehen? Unten am Empfang sitzt immer noch die alte Rose. Isabel war ein angenehmerer Augenschmaus. Wie lange ist die eigentlich in Urlaub?«

»Woher soll ich das wissen.« Ich beugte mich tief herunter und öffnete meine unterste Schreibtischschublade.

»Stell dir vor, man würde bei Urlaubsanfang ermordet. Hier würde sich keiner Gedanken machen.«

»Wie kommst du denn auf so einen Scheiß?«, ereiferte ich mich.

»Ja, wenn zum Beispiel diese ermordeten Frauen auf Urlaub hier rumturnen, stellt doch zu Hause keiner eine Vermisstenmeldung. Wie soll man dann herauskriegen, wer die sind? Das kann dauern. Und in der Zwischenzeit mordet der Mörder weiter lustig vor sich hin.«

»Mann, Holger, du hast manchmal auch Ideen. Also wirklich.«

»Also, ich mache mir schon Sorgen um Isabel. Vielleicht sollten wir vorsichtshalber mal Frank Bescheid sagen, dass der bei ihr zu Hause vorbeifährt und nachsieht.« Holger sah mich nicht an. Er beugte sich über seine Tastatur und hämmerte darauf herum.

Ich sah Holger ungläubig an. »Das ist ja wohl der größte Quatsch, den ich je gehört habe!« Intensiv starrte ich meinen Bildschirm an.

Ich erinnere mich, dass unser Gespräch merklich stockte. Holger grübelte, wie ich heute weiß, darüber, sich mit dieser Bemerkung zu weit aus dem Fenster gehängt zu haben und hoffte, ich würde nicht skeptisch werden.

Ich vergrub mich in meiner Arbeit und hoffte, keinen Verdacht erregt zu haben. Mich marterte damals mein Gehirn, wohin Isabel verschwunden sein könnte. Mein schlechtes Gewissen plagte mich. Vielleicht hätte ich nicht so forsch und abwehrend auf Holgers Vorschlag reagieren sollen. Hätte ich anders reagiert, wenn ich Isabel nicht in meinem Keller gehabt hätte? Ich presste meine Zähne aufeinander und als ich das merkte, hörte ich sofort wieder damit auf. Ich warf verstohlene Blicke zu Holger hinüber. Ein eisiger Schreck durchfuhr mich, als mir der Gedanke kam, dass Holger Isabel entdeckt haben könnte. Ich ließ den Abend Revue passieren. Du meine Güte, ich hatte ja betrunken im Bett gelegen. War Holger unten im Keller gewesen? Hatte er das Mädchen befreit? Ich kaute nervös auf meinen Lippen herum. Wo war Isabel jetzt? Mein Misstrauen gegen Holger erstickte mich beinahe.

Ich zuckte zusammen, als Holger sich erhob. »Ich brauche Kaffee. Soll ich dir einen mitbringen?«

Ich nickte, doch kaum hatte Holger den Raum verlassen, riss ich ein Fenster auf und atmete tief ein. Ich zwang mich, klar zu denken, was mir kläglich misslang. Mehr und mehr nistete sich bei mir die schreckliche Sorge ein, dass Holger etwas wusste und mich fertigmachen wollte. Wir verbrachten den Nachmittag damit, routinemäßig unsere Aktenberge abzuarbeiten, zu schweigen und uns merklich unwohl zu fühlen.

Wie Holger mir sehr viel später erzählte, sann er darüber nach, ob er der Polizei von seinem Fund in meinem Keller berichten sollte, ohne sich selbst zu belasten. Doch wie sollte das gehen? Und wo war Isabel? Hatte ich sie irgendwo an einem geheimnisvollen Ort versteckt? Sie dann umgebracht und in den See geschmissen? Immerhin war ich ja auch den beiden toten Frauen begegnet. Das hatte ich ja durchblicken lassen.

Unser gegenseitiges Misstrauen zog sich wie zäher Kleister durch den Raum, haftete an allem, verklebte die Zellen unserer Körper, floss wie dicker Brei in unsere Bewegungen. Jeder zögerte den Feierabend hinaus, weil sich keiner als Erster verabschieden wollte. Holger machte schließlich den Anfang, weil er wusste, dass Barbara mit dem Abendessen auf ihn wartete. Aus Angst vor ihrem Gezeter schloss er die Anwendungen und fuhr den Computer herunter. Er verschloss den Schreibtisch, langte nach seiner Jacke am Haken hinter der Tür und brachte ein: »Schönen Abend, Parcifal. Bis morgen«, hervor. Er merkte selbst, dass seine Stimme aufgesetzt schrill klang und machte, dass er zur Tür hinauskam.

Sofort packte auch ich meine Sachen, schloss die Bürotür und stieg die Treppen hinab. Auf dem letzten Absatz vor dem Erdgeschoss blieb ich stehen und lauschte. Ich hörte die Stimmen von Frau Rose und Holger.

»Ach, dann haben wir Sie ja zwei Wochen bei uns. Freut mich, Frau Rose. Na, und Frau Glantz liegt wohl schon in der Sonne.«

»Ja, wenn sie sich nicht eingecremt hat, hat sie vermutlich einen Sonnenbrand.«

»Kennen Sie sie gut? Meldet sie sich zwischendurch eigentlich bei Ihnen? Ich meine, Sie haben doch bestimmt Fragen, wenn Sie hier so einspringen.«

»Nein, die Arbeitsübergabe hat ja schon die letzten Tage stattgefunden.«

»Hm. Hat sie eigentlich Familie? Mann, Kinder? Dann ist es ja auch nicht unbedingt immer ein Urlaub.«

»Soviel ich weiß, nicht. Ich glaube, Frau Glantz ist Single, wie es heute heißt. Jedenfalls hat sie nie von Familie gesprochen.«

Ich hörte, wie Holger sich verabschiedete, und machte mich langsam über die nächsten Treppenstufen her.

Auch ich murmelte Frau Rose »Auf Wiedersehen« zu und ging zum Fahrradunterstand. Kurz vorher fiel mir ein, dass ich morgens mit dem Auto gefahren war und ging weiter zum Parkplatz. Heute wäre ich gerne mit dem Fahrrad gefahren. Ich hatte das Gefühl, belauert zu werden, und hätte mich am liebsten unsichtbar gemacht.

Als ich in den Wald einbog und hoch oben die erleuchtete Burg erblickte, überkam mich ein Moment der Ruhe. Wie ein ewiger Fels in der Brandung wachte dieses Gebäude seit hunderten von Jahren über diese Gegend. Und das würde noch lange so bleiben, auch wenn ich selbst nicht mehr wäre. Ich dachte an Henri und sein Schachspiel da oben – und trat auf die Bremse. So abrupt, dass der Sicherheitsgurt in meine Schulter schnitt. Denn plötzlich wusste ich, woher ich die eine tote Frau kannte. Ich hatte sie vorgestern oben beim Schachspiel gesehen. Es war die Dame, die Henri so angeschmachtet hatte. Ich starrte in die Dunkelheit. Das musste ich melden. Sofort. Aber hier konnte ich nicht wenden, ohne mein Auto dem Widerstand der Bäume auszusetzen.

So fuhr ich weiter bis nach Hause. Dort angekommen erwartete mich auf dem Vorplatz eine Überraschung. Barbara Heitmann entstieg ihrem Auto, kaum dass ich meine Zündung ausgeschaltet hatte. Mich durchfuhr ein unangenehmes Gefühl, zumal ich Holger verdächtigte, von Isabel gewusst zu haben. Ich dachte, sie wolle mir eine Standpauke halten. Das Parfüm der Frau stieg mir als Erstes in die Nase und ließ meine Nase kribbeln, sodass ich prompt niesen musste.

»Barbara ... was machen Sie denn hier so spät am Abend?«, krächzte ich und reichte ihr die Hand. Ich war seit Jahren nicht in der Lage, diese Frau zu duzen, obwohl sie es mir so oft angeboten hatte.

»Parcifal. Was habe ich für ein Glück, dich zu treffen. Ich habe die Abkürzung durch den Wald genommen, weil ich Königsberger Klopse gekocht habe. Die isst du doch so gerne. Ich habe für dich einen Topf abgefüllt. Hier, nimm ihn schnell, damit ich wieder los kann. Holger wartet sicher auf sein Abendessen. Ihr habt heute lange gearbeitet, was? Ich warte bestimmt schon seit vierzig Minuten hier. Aber ich wollte den Topf im Dunkeln nicht einfach vor die Tür stellen. Bestimmt wärest du über ihn gestolpert und alles wäre auf den Boden geschwappt. Was siehst du mich denn so an? Sehe ich heute so gut aus?«

Ich starrte Barbara in der Tat an. Diese Frau hatte mir noch nie etwas zu essen vorbeigebracht. Die Scheinwerfer meines Autos tauchten sie in grelles Licht. Ihre blonden Haare leuchteten wie ein Glorienschein, zu den schwarzen Brauen und Wimpern wirkten ihre grellroten Lippen darunter beinahe obszön. Ich hatte das Gefühl, einer Maske gegenüber zu stehen. Ihr Parfüm reizte meine Schleimhäute, sodass ich ein Würgen nur mit Mühe unterdrücken konnte. Sie stand dicht vor mir. Nur der Kochtopf, den sie vor sich in den Händen hielt wie einen Blumenstrauß, bewahrte mich davor, ihren Körper spüren zu müssen. Da sie kleiner war als ich, senkte ich den Kopf und starrte auf ihren Scheitel. Genau in dem Moment legte sie den Kopf in den Nacken. Ich wich zurück und stieß mit meiner Wade gegen meine eigene Stoßstange.

»Barbara, ja … also vielen Dank für die Mahlzeit. Das wäre doch nicht nötig gewesen. Das ist ganz reizend von Ihn … ähm … dir. Ja, dann werde ich den Topf mal reinbringen.«

»Ich könnte mit reinkommen und ihn kurz erhitzen, Parcifal«, flötete sie.

»Oh, danke, Barbara. Ich schaffe das schon.« Ich griff nach dem Topf, fasste aber ihre Hände, die den Topf nicht losließen. Wie elektrisiert zuckte ich zurück. Spürte hinter mir mein Auto. Ein Entweichen war nicht möglich.

Barbara ging langsam in die Hocke, ihr Kochtopf glitt an meinem Körper abwärts, dann stellte sie ihn auf der Erde ab und erhob sich ganz langsam wieder. Ich erstarrte zur Salzsäule und wartete, schickte ein Stoßgebet in die dunklen Baumwipfel, sie möge sich verabschieden und in ihr Auto steigen. Doch Barbara blieb dicht vor mir stehen.

Sie griff mit ihren Händen rückwärts auf ihre Hüften. »Du meine Güte, Parcifal. Ich glaube, jetzt habe ich mich verrenkt.« Sie griff nach meiner Hand und führte sie auf ihren Rücken. »Hier. Da schmerzt es. Ich kann mich gar nicht rühren.«

»Soll ich einen Krankenwagen rufen?«, fragte ich.

»Nein, nein. Massiere mich ein wenig. Dann wird es sich vielleicht entspannen.«

Ihre eigene Hand führte meine und ich traute mich nicht, mich zu wehren, ohne unhöflich zu sein. Mich rettete ein Knacken im Unterholz, denn Barbara ließ meine Hand los und wandte sich um. »Was war das denn? Beobachtet uns hier jemand?«

»Nein, keine Angst. Irgendein nachtaktives Tier. Sie – ähm – du solltest jetzt lieber fahren, Barbara. Holger wartet sicher schon. Es ist spät. Ich begleite dich zum Auto. Komm.«

Bevor sie einstieg, presste sie sich an mich, umfasste meinen Nacken und zog meinen Kopf an ihre Lippen. Ihre Zunge versuchte, meinen Mund zu öffnen, den ich vor Schreck fest zusammenpresste. Und dieses Parfüm! Ihre Hände ließen nicht locker. Barbaras Gewicht ließ mich schwanken. Sie ließ mich los und plumpste förmlich in ihren Autositz, wobei sie sich den Kopf am Autodach stieß.

»Auf Wiedersehen, Barbara. Kommen Sie gut nach Hause. Und noch einmal vielen Dank für das Essen«, stieß ich hervor und schloss ihre Autotür.

Ich wankte zu meinem Wagen, zog den Zündschlüssel ab, schaltete das Licht aus und stolperte dann über Barbaras Kochtopf, dessen Inhalt sich auf den Weg ergoss. Ich merkte das noch nicht einmal. Ich wollte nur noch ins Haus und die Tür verriegeln. Was war nur in diese Frau gefahren?

Als ich am nächsten Tag den Büroraum betrat, war Holger bereits am Arbeiten. Ich begrüßte ihn betont freundlich. Holger durfte auf keinen Fall merken, dass mich das schlechte Gewissen plagte. Hoffentlich hatte Barbara zu Hause nicht irgendwelche Schauermärchen über mich erzählt. Doch Holger schwieg. Und ich auch.

Gegen Mittag wagte ich zu sagen: »Heute gibt's unten in der Kantine Frikadellen mit Kartoffelsalat. Das schmeckt da natürlich nicht wie selbst gekocht, aber immerhin. Sag Barbara bitte meinen herzlichen Dank für ihre Königsberger Klopse. Sie waren sehr lecker. Kochen kann deine Frau. Das muss man ihr lassen. Hier ist ihr Kochtopf zurück.«

Holger starrte mich an. »Meine Frau bringt dir was zu essen vorbei?«

Ich spüre noch heute, dass ich puterrot anlief. Mein Herz pochte derartig, dass ich schon dachte, im nächsten Augenblick würde das ganze Amt in der Tür stehen. »Jaaa. Gestern Abend. Hat sie es dir nicht gesagt?«

»Nee.«

»Ja … also, dann weiß ich auch nicht. War ja sehr nett von ihr. Vielleicht hatte sie zu viel gekocht und es war was übrig?«

»Ich habe keine Königsberger Klopse bekommen. Ich durfte mir eine Scheibe Brot schmieren. Sie meinte sogar, keine Zeit für's kochen gehabt zu haben.« Holger sah mich sehr misstrauisch an.

»Vielleicht hat sie für eine Freundin gekocht oder so?« Ich wand mich wie Uriah Heep aus Charles Dickens Roman ›David Copperfield‹, von dem ich ohnehin beim Lesen gedacht hatte, er sei mir ziemlich ähnlich.

»Barbara? Nie! Du kennst sie nicht. Die macht nichts uneigennützig. Vielleicht will sie was von dir?«

»Bist du verrückt? Sehe ich aus wie jemand, von dem eine Frau etwas will?«

»Nee. Siehst du nicht. Aber Barbara ist ja auch nicht gerade 'ne Traumfrau. Aber für dich? Wo du so gar nichts zur Hand hast?«

»… ich … ich würde nie mit Barbara … Du meine Güte, sie ist deine Frau«, stotterte ich.

»In der Not frisst der Teufel Fliegen«, grunzte Holger.

»Jetzt reicht's, Holger. Frag sie selbst, warum sie mir Essen vorbei bringt. Und sage ihr, sie soll das in Zukunft sein lassen.«

»Das kannst du ihr selbst sagen, wenn sie noch einmal bei dir deswegen vorbeikommt.« Das ›deswegen‹ betonte Holger gedehnt und anzüglich.

Ich floh geradezu aus dem Raum in die Kantine. Kaum saß ich, gesellte sich Frau Fischer zu mir und textete mich die ganze Zeit voll mit ihren Vermutungen über die zweite Frauenleiche. Ich antwortete höflich und respektvoll und dabei fiel mir wieder ein, ich musste Frank erzählen, dass ich diese letzte Frauenleiche am Samstag noch lebendig oben bei der Burg gesehen hatte. Henri konnte sich bestimmt auch erinnern. Frank sollte da mal raufgehen und das Bild der Frau herumzeigen. Ich beschloss, nach

71

Feierabend bei ihm vorbeizufahren. Der dann bestimmt wieder nerven würde wegen des Klassentreffens. Und das war etwas, wozu ich nicht die geringste Lust verspürte.

10. Kapitel

Henri Langhans staunte nicht schlecht, als bereits vor Öffnung der Burg zwei Herren zu ihm traten, ihm ihre Dienstmarken unter die Nase hielten und ihm Fotos einer Frauenleiche präsentierten.

»Ja, die Dame kommt mir irgendwie bekannt vor. Sie war eine Besucherin hier. Aber ich weiß nicht mehr genau, wann das war. Jedenfalls erzählte sie, dass sie in der Nähe von München zu Hause ist und durch die Lande tourt. Mehr weiß ich nicht.«

»Und wie ist das mit dieser Frau hier? War die auch hier zu Besuch?« Man hielt ihm das Foto einer anderen Leiche unter die Nase.

»Nein, die kenne ich nicht. Glaube ich. Aber hier kommen so viele Besucher. Ich gucke die alle nicht so genau an. Bei der anderen Frau erinnere ich mich, weil ich sie aus dem Rundgang 2 befreien musste.«

Der Kriminalbeamte hob fragend die Brauen und Henri erklärte ihm das Dilemma mit diesem Rundgang.

»Ist Ihnen sonst etwas aufgefallen? Hat sich jemand besonders auffällig verhalten? Vielleicht reges Interesse an der Besucherin gezeigt?«

»Nein, nicht dass ich wüsste. Sie schaute ein wenig den Schachspielern da drüben zu und trank einen Kaffee, glaube ich. Und dann muss sie irgendwann gegangen sein. Jedenfalls war sie bei Schließung der Burg nicht mehr da. Ich meine, ich habe sie nicht mehr gesehen. Die meisten gehen momentan schon so gegen sechzehn Uhr, weil es da dämmerig wird und sie ja noch durch den Wald nach unten zur Busstation laufen müssen.«

»Also nach sechzehn Uhr haben Sie hier niemanden mehr gesehen?«

»Ja, so ungefähr. Kann auch zehn oder fünfzehn nach vier gewesen sein. Die Schachspieler gingen auch um die Zeit.«

»Ist die Dame mit denen gemeinsam gegangen?«

»Das weiß ich nicht. Darauf habe ich nicht geachtet.«

»Vielen Dank. Wenn Ihnen noch etwas einfällt, melden Sie sich bitte bei uns. Und jetzt würden wir gerne den Rundgang machen, den die Dame genommen hat. Rundgang 2.«

»Okay. Hier entlang dann bitte.«

Henri wartete vergebens auf die Alarmglocke. Die beiden Männer brachten den schwierigen Rundgang hinter sich. Als sie sich verabschiedeten, wandte einer sich noch einmal um.

»Sie erwähnten, dass die Dame Kaffee getrunken hat. Wo hatte sie den her?«

»Von mir. Ich habe hier einen Kaffeeautomaten und serviere den Besuchern Kaffee, wenn sie welchen möchten.«

»Können wir uns das kurz ansehen?«

Henri bugsierte die beiden in einen kleinen Raum neben seinem Kiosk mit den Andenken, Kitsch und Schokoriegeln.

»Sie verwenden diese Pappbecher dafür?« Der Kriminalbeamte deutete auf einen Ständer mit Bechern.

Henri nickte.

»Draußen steht für die Entsorgung ein Mülleiner?«, wurde gefragt.

Henri nickte erneut.

»Wurde der schon geleert?«

Wieder nickte Henri.

»Wann kommt dafür die Müllabfuhr?«

»Gar nicht. Die kommt hier nicht hoch. Ich fülle den Müll in Plastiksäcke und bringe sie im Dorf zum Bauhof. Dort kommt dann wöchentlich der Müllwagen von der Deponie in der Stadt und holt ihn ab.«

»Ist der Müll vom Samstag schon dorthin gebracht worden?«

»Ja, gestern.«

»Mist. Welcher Bauhof genau? Zeigen Sie uns bitte Ihre Mülltüten.«

»Meine Mülltüten?«

»Ja.«

Henri ging voran in einen kompakten Anbau der Burg und griff nach den blauen handelsüblichen Fünfzig-Liter Mülltüten. Der Kriminalbeamte zog sich Handschuhe über und griff nach einer angefangenen Rolle.

»Die nehmen wir mit.«

»Wozu das denn?«, fragte Henris verwundert.

»DNA. Wir brauchen auch noch Ihre Fingerabdrücke. Kommen Sie morgen bitte ins Präsidium.« Er übergab Henri seine Karte.

Henri sah den beiden Männern nach. Sein Blick verdunkelte sich und sein eingestanztes freundliches Lächeln erlosch. Er widmete sich seinen Besuchern, die an einem normalen Wochentag nicht so zahlreich erschienen wie am Wochenende oder in den Ferien. So gönnte er sich auch eine verlängerte Mittagspause. Er umrundete die Burg und schlug einen Weg ein, der sich kaum sichtbar ein Stück am Burggraben entlang schlängelte und dann nach links führte. Linkerhand gähnte der Abgrund und rechts erhoben sich Felswände. Diesen Weg beschritt kaum jemand, zumal er auch durch eine Absperrbarriere blockiert war und Absturzgefahr-Schilder aufgestellt waren.

Teilweise bröckelte der Untergrund und Henri musste genau darauf achten, wo er hintrat. Aber er liebte diesen Weg. Denn wenn man ganz oben ankam, hatte man einen herrlichen Ausblick über das gesamte Tal, den See und die Wälder. Oft ergriff ihn leichter Schwindel. Ein erhabenes Gefühl.

Als er oben stand, atmete er kaum schneller als sonst. Seine Kondition war hervorragend. Sein Blick ging nachdenklich in die Weite. Wohltuende Stille umgab ihn. Die Burg lag unter ihm. Eingebettet in grüne Schattierungen, durch die kaum sichtbar wurde, dass die mit Patina überzogenen Schindeln der Dächer einer Generalüberholung bedurften.

Seine Augen durchforsteten die Gegend und blieben an einem roten, sich bewegenden Gegenstand haften, der den Berg hinaufkroch. Gleich würde er unten am Busparkplatz anlangen. Dort höchstwahrscheinlich halten, und eine halbe Stunde später würden die Insassen dieses Autos sich die Burg ansehen wollen. Henri wandte sich um, um zurückzugehen. Bemerkte dann jedoch, dass der Wagen einen gesperrten Weg entlang fuhr. Ihr seid falsch abgebogen, dachte Henri. Da kommt ihr nicht weiter. Er verfolgte den roten Punkt zwischen den Tannen hindurch.Er wusste genau, wann er ihn zwischen dem dichten Grün wieder sehen würde und machte sich selbst ein Spiel daraus. Er freute sich, wenn er recht behielt. So, und nun musste der Wagen an der Sperre zum alten Militärgelände angekommen sein, wo er nicht mehr weiterkam. Man fuhr sozusagen gegen den Zaun und musste zwangsläufig wenden.

Henris Augen fuhren im Geiste wieder zurück und warteten auf den roten Punkt, der jedoch nicht zum Vorschein kam. Das machte ihn stutzig. Jeder kam wieder zurück. Aber dieses Mal nicht. Henri grinste in sich hinein. Höchstwahrscheinlich war es ein Liebespärchen, das dort parkte und sich ungesehen vergnügte. Doch dann wunderte er sich. Sehr viel weiter links machte er den roten Punkt wieder aus. Da war aber bereits das gesperrte Gelände. Da konnte niemand rumfahren. Henri ärgerte sich, seinen Feldstecher nicht mitgenommen zu haben. Dann hätte er das Ganze besser verfolgen können. Dennoch konnte er erkennen, dass das Auto hielt, ihm jemand entstieg und dann verschwand. Das riesige, freiliegende Gelände war von hier oben gut sichtbar. Henri hatte dort noch nie

Personen gesehen. Weder Wachleute noch sonst wer bewachte diesen langsam verrottenden Ort. Da war einfach nichts mehr. Kaputte Fensterscheiben und öde Stahlgerüste von alten Flugzeughallen gammelten vor sich hin. Es gab einige Bunker, die von der Natur überwuchert wie zerbeulte Kochtopfdeckel aussahen.

Wer verschaffte sich zu diesem Ödland Zutritt? Militär? Sollte da wieder etwas angesiedelt werden? Henri beschloss, Augen und Ohren offen zu halten und machte sich an den Abstieg.

Da noch niemand auf dem Plateau der Burg ungeduldig wartend von einem Fuß auf den anderen trat, begab er sich in seine kleine Werkstatt, wie er den Raum neben dem Badezimmer bezeichnete. Fensterlos war das ehemals ein Abstellraum gewesen.

Die Drehung eines ausgestopften Marders auf einem Sockel an der gegenüberliegenden Seite des Wohnzimmers öffnete eine Tür in der Täfelung, für niemanden sichtbar. Henri war sehr stolz auf seine Erfindung. Hier hatte er sich mit einem Arbeitstisch eingerichtet. Ein alter Apothekerschrank mit fünfunddreißig Fächern beherbergte seine Schätze. Denn Henris Leidenschaft galt der filigranen Silberarbeit. Seine Exfrau hatte ihn jahrelang in ihrer Werkstatt mit eingespannt. Sie war Silberschmiedin und hatte schnell erkannt, dass er künstlerisch begabt war und Ideen hatte, die ihre Kunden mochten. Anfangs war sie ihm forsch ins Wort gefallen, wenn er vorschlug, einen Ring, eine Brosche oder einen Anhänger so und so zu gestalten. Sie hatte ihre eigenen Vorstellungen, würde schon jahrelang gut damit fahren und bräuchte keine Belehrungen. Wenn Henri von seiner Arbeit als Elektriker nach Hause kam, hatte er gekocht, gewaschen und sich um den Haushalt gekümmert, wozu sie keine Lust gehabt hatte. Danach hatte er ihr zugesehen und bald selbst Dinge angefertigt, die ihm in den Sinn kamen. Einigen Kunden gefielen seine Kreationen besser als die seiner Frau. Zunächst war sie erbost darüber gewesen, doch dann ließ sie ihn gewähren und verkaufte seine Arbeiten als ihre.

Als Henri dahinter kam, war er wütend geworden und hatte seinen Anteil von ihr gefordert. Es war zum Eklat gekommen. Nun ja, das war schon eine Weile her. Er beugte sich über eine große Lupe und vergaß die Welt um sich her. Erst als eine Lampe über der Tür aufflammte, hörte er auf. Touristen hatten seine installierte Lichtschranke durchschritten. Henri freute sich auch über diese Erfindung. So wusste er jederzeit, wann er zurück an seinen Platz ins Kartenverkaufshäuschen eilen musste.

11. Kapitel

Ich wählte am Freitagabend nach kurzer Überlegung eine schwarze Stoffhose und ein weißes Hemd. Das verdammte Klassentreffen lag mir die letzten Wochen schwer im Magen. Aber ich hatte zugesagt und wenn ich nun nicht hinginge, würden sie wieder alle über mich ablästern. Ich nahm mir vor, allen kurz die Hand zu schütteln, sie nach ihrem Befinden zu befragen, eine Kleinigkeit zu essen und mich dann davonzuschleichen.

Im ›Loomkanden Fürst‹ war ein Raum angemietet worden, und als ich schüchtern am Eingang stehen blieb, eilten Frank und Marlene auf mich zu und begrüßten mich völlig überzogen, wie ich fand. Sofort hatte ich das Gefühl, dass alle mich anstarrten. Den Glöckner von Notre Dame starren auch alle an, dachte ich. Ich vergrub meine Hände in den Hosentaschen und hörte sofort die Stimme meiner Mutter, dass man das nicht täte, das sei unhöflich. Also zog ich sie wieder heraus. Ich versuchte mich zu orientieren. Marlene ergriff meinen Arm und zog mich mit zu den Leuten, die in Gruppen verstreut herumstanden und sich an ihren Gläsern festklammerten.

»Sabine, sieh wer hier ist, unser Parcifal. Hans-Jürgen, kennst du Parcifal noch? Regine, schau mal, wer hier ist, unser Parcifal. Dennis, war Parcifal nicht dein Banknachbar? Mirko, hast du Parcifal nicht immer das Frühstücksbrot geklaut?«

Ich kam mir vor wie ein Ausstellungsstück. Ich versuchte zu lächeln, gab jedem die Hand. Fremde Gesichter. Niemand sah mehr so aus wie vor dreißig Jahren. Wie auch! Die Einzigen, die ich noch erkannte, waren Frank und Marlene. Ich wunderte mich, dass sich überhaupt noch jemand kannte. Aber offensichtlich hatten in der Vergangenheit Klassentreffen stattgefunden, an denen ich nicht teilgenommen hatte. Somit kannten die anderen sich noch, wussten, wer wie aussah. Ich hatte in kürzester Zeit vergessen, wer wer war. Ich floh geradezu in die hinterste Raumecke, bedankte mich, als Marlene mir eine Bierflasche in die Hand drückte und starrte vor mich hin. Krampfhaft überlegte ich, was ich sagen könnte, wenn jemand auf die Idee kommen sollte, sich zu mir zu setzen. Vielleicht »was arbeitest du denn so« oder »hast du Familie«. Ja, das wäre ein Anfang. Als Holger und Barbara den Raum betraten, atmete ich erleichtert auf. Endlich Leute, die ich kannte. Auch wenn mir seit der letzten Begegnung mit Barbara schon etwas mulmig zumute war. Ich spürte ein leichtes Sodbrennen und schluckte. Auch das noch. Barbara kam heute statt mit blonden Haaren mit dunkelbraunen. Die Haarpracht erinnerte mich an etwas und ich blinzelte. Ich grübelte noch darüber nach, an wen oder was, als sie auf mich zukam und sich neben mich setzte.

»Parcifal, guten Abend. Schön, dass du da bist. Holger meinte bis zuletzt, du würdest dich drücken. Aber ich habe dich verteidigt. Ich wusste, dass du kommst. Wie findest du meine Haare? Ich habe Stunden beim Friseur gesessen. An so einem Abend muss man ja gut aussehen. Möglichst besser als die anderen hier. Unsere Schönheiten von damals haben sich ordentlich verändert, nicht wahr? Also, sieh dir Gisela an. Früher wollte sie jeder haben. Ihr Jungs habt euch um sie gerissen. Und heute? Ein fetter Bauerntrampel.«

»Ach ... ich ... also ... weißt du ...« Ich verschluckte mich, als ich einen Schluck aus der Flasche nahm. Barbara rückte heran und klopfte mir behutsam auf den Rücken. Klopfen? Ich versteifte mich. Da war eher ein ... Streicheln? Ich senkte den Kopf. Sah mich verschämt um. Und sah in Holgers verächtlich grinsende Augen. Ich erhob mich abrupt.

»Bitte entschuldigen Sie mich, Barbara. Ich glaube, ich möchte etwas essen.«

»Oh, gerne, Parcifal. Holen wir uns etwas. Darf ich dir auflegen, Parcifal? Was magst du besonders gerne? Von diesem oder von jenem? Dein Leibgericht gibt's nicht, wie ich sehe. Das bekommst du nur von mir. Wie ich hörte, haben dir meine Königsberger Klopse sehr gut geschmeckt. Ich hatte sie übrigens für eine Freundin gekocht. Die hat mir heute auch die Haare gemacht. Gefällt es dir?« Barbara trat noch dichter an mich heran. Meine Nase erschnüffelte einen Duft.

»Fühl' mal. Weich wie Flaum, seidig wie Satin, wild wie ...«, flüsterte sie, griff nach meiner Hand und führte sie an ihr Haar. Ich zuckte wie vom Blitz getroffen zurück.

Dennoch: »Ja, ganz wunderbar. Sehr schön, Barbara.«

»Komm, Parcifal, setzen wir uns zum Essen da hinten hin. Da sind wir ungestört und schmatzen niemandem die Ohren voll.«

Ich folgte Barbara wie ein Hund mit hängenden Ohren zu einem der hinteren Tische. Jetzt hätte ich gerade lieber mit den anderen am Tisch gesessen. Während wir aßen, konnte ich sie nicht ansehen. Ihre dicklichen Finger, mehrfach mit Ringen bestückt, die zu klein schienen, erinnerten mich an eine Sumoringerin, zumal sie ihre kleinen Finger arg spreizte. Bei meinem ersten Blick dachte ich, sie pult sich damit gleich in der Nase, während sie ihr Mündchen öffnete und ein Schnittchen förmlich einsaugte. Ich blickte danach nur noch auf meinen Teller. Als sie die Teller zurückbringen wollte, meinen auch, erhob ich mich. Ich wollte verschwinden.

Doch Barbara hatte das anscheinend kommen sehen. »Komm, Parcifal, tanz mit mir.« Ich glotzte sie an. Sie griff nach mir und schon schleifte sie mich auf die Tanzfläche. Ich wagte nicht, mich zu sträuben. Was würde das für ein Aufsehen geben.

Auf der Tanzfläche presste Barbara sich an mich. Ihre Haare kitzelten mich in der Nase. Diese prachtvollen dunklen Haare. An wen erinnerten sie mich? Ich, eingelullt von Musik und Haarduft vergrub mein Gesicht in der Pracht. Und dann schoss es mir durch den Kopf. Isabel! Vor Schreck packte ich Barbara fester. Das war doch nicht möglich. Ich roch Isabel. Wie magnetisiert griff ich in diese Haare. Ich fühlte Isabel. Ich sah auf den Scheitel. Ich sah Isabel. Ich tauchte ein in einen Albtraum, der mich gefangen nahm, gefangen hielt. Meine Hände spürten sie, drückten sie. Meine Arme hielten sie, umfingen sie. Mein Körper berührte sie. Mein Kopf zeigte mir die Szene im Keller ein zweites Mal.

Ein Stoß brachte mich in die Realität zurück. »Parcifal, die Ablösung ist da. Ich würde jetzt gerne auch mal mit meiner Frau tanzen. Du scheinst ja an ihr zu hängen wie eine Klette.«

Holger. Ich sah in blutunterlaufene Augen. Erwachte aus meinem Traum, blickte in Barbaras Make-up-Falten, kniff die Augen zusammen und brabbelte Unverständliches.

Auf dem Weg zum Ausgang stellte sich Frank mir in den Weg. »Parcifal, komm mit an die Bar. Wir genehmigen uns einen.«

Ich folgte ihm widerstandslos.

Nach drei Whiskeys fühlte ich meine Lebensgeister zurückkehren und konzentrierte mich auf Frank.

»… ist die zweite Leiche zu Lebzeiten tatsächlich letzten Samstag oben auf der Burg gewesen. Du hast recht gehabt«, hörte ich ihn sagen.

Ich nickte. »Ja, mir war so gewesen. Hatte ich dir ja gesagt. Hat Henri Langhans das also bestätigt?«

»Hat er. Die Soko durchwühlte daraufhin im Bauhof die Müllbeutel von der Burg, weil die Leiche dort aus einem Pappbecher Kaffee getrunken haben soll. Wegen DNA. Die haben jetzt alle Spuren aufgenommen. Man weiß aber immer noch nicht, wer sie ist. Noch passt nichts zu den Vermisstenmeldungen. Von beiden Frauen nicht. Aber der olle Hans aus dem Dorf, der auch oben Schach gespielt hat, sagt, die Dame hätte einen Rucksack gehabt, an dem die ganze Zeit etwas gebaumelt hätte. Irgendein Anhänger. So was wurde aber noch nicht gefunden. Parcifal, das ist vertraulich. Darf ich eigentlich gar nicht erzählen. Aber unter uns … du verstehst.« Frank flüsterte so leise, dass ich mich anstrengen musste, ihn zu verstehen.

»Einen Anhänger? Vielleicht einer, der blinkte? So'n Teil habe ich letztens im Wald aufgelesen. Meinst du, der könnte der Frau gehört haben?«

»Was? Das hättest du melden müssen.«

»War ein Frosch. Die Augen blinkten. Ich dachte, das hätte Kind verloren. Woher soll ich wissen, dass die Frau zu Lebzeiten so was am Rucksack hatte. Und es ist doch gar nicht klar, ob es das Ding von der Frau ist.«

»Kannst du das morgen ins Präsidium bringen? Aber nur sagen, dass du es zufällig gefunden hast. Sag bloß nicht, dass es von der Frau sein könnte. Das ist ja offiziell nicht bekannt.«

»Das fällt doch auf. So was Popliges gibt man doch nicht bei der Polizei ab.«

Frank kratzte sich am Kopf. »Stimmt. Irgendwie blöd. Weiß ich jetzt auch nicht.«

»Soll ich ihn einfach da wieder hinlegen, wo ich ihn gefunden habe?«, fragte ich.

»Nee. Die Spurensicherung da draußen ist abgeschlossen. Und wenn ihn jemand anders findet, ist er weg. Hast du auch einen Rucksack gefunden?«

»Nee. Nur 'n Anhänger.«

»Hast du ihn dabei?«

»Nein. Er ist zu Hause.«

»Bringe ihn mir doch morgen persönlich vorbei. Du weißt ja, wo ich wohne. Ich regele das dann.«

Ich nickte erleichtert. In Ermittlungen wollte ich nicht hinein gezogen werden. »Ich gehe dann mal, Frank. Ich fühle mich auf solchen

Veranstaltungen nicht wohl. Und irgendwie kenne ich hier kaum jemanden.«

»Holgers Frau scheint dich zu mögen. Die glotzt dich unentwegt an. Hast du mit der was am Laufen?«

»Bist du verrückt?«

»Ist das 'ne Perücke, die sie auf dem Kopf hat oder ist ihr plötzlich 'ne Wallemähne gewachsen?« Er kicherte.

»Mensch, du fragst mich Sachen. Woher soll ich das wissen?«

»Nun, du bist ihr vorhin beim Tanzen ganz schön in die Haare gekrochen. Da merkt man doch so was, oder? Bestimmt wird mich Marlene nachher deswegen löchern und dann könnte ich ihr eine Information aus erster Quelle verpassen.«

»Ich habe keine Ahnung. Also wirklich! So, und jetzt Tschüss.«

Als ich meine Autotür aufschloss, umfingen mich hinterrücks Arme. Umschlangen mich, machten mich bewegungslos. »Parcifal, küss mich. Sonst schreie ich und behaupte, du wolltest mich vergewaltigen.«

Ich erstarrte. Barbara! Meine Nase roch dieses Parfüm, das mir Übelkeit verursachte und ich bekam eine Ahnung. Ich versuchte, mich umzudrehen. Schaffte es.

»Sind Sie betrunken, Barbara? So reißen Sie sich doch zusammen. Wenn uns hier jemand sieht.«

»Niemand ist zu sehen. Aber wenn du mich nicht endlich küsst, wird es hier gleich einen Menschenauflauf geben.«

Ich starrte in schwarz umränderte Augen, sah den grellrot geschminkten Mund, roch ihr aufdringliches Parfüm. Ein Brechreiz kam mir hoch und ich wusste instinktiv, dass ich mich jetzt nicht gehen lassen durfte. Diese

Frau war zu allem fähig. Noch nie im Leben war mir derartiges passiert. Ich fühlte mich ohnmächtig einer Situation ausgeliefert. Alles an und in mir blockierte, als sich Barbaras Lippen an mir festsaugten. Ihre Zunge wühlte in meinem Mund. Sie presste sich an mich. Ihre Hände waren überall. Ganz widerwärtig wurde es, als ich merkte, dass etwas Gefühl bekam. Auch das noch! Barbaras erfahrene Hände fanden, was sie suchten. Meine Augen starrten über Autodächer hinweg. Blind, dunkel. Gott sei Dank boten die PKWs um mich herum oberflächlichen Schutz. Ich spürte eine animalische Reaktion. Jeglicher eigene Wille verflüchtigte sich. Ich wurde zum Sklaven meines eigenen Triebes. Ich stand wie eine Statue, versuchte, mich auf den Beinen zu halten, während diese Frau mir in den Reißverschluss griff. Ich blickte mich panisch um, schloss die Augen, blickte mich um, schloss … Die Ernüchterung kam zügig. Als mein Gehirn wieder anfing zu arbeiten und mir eingab, wer da vor mir stand und mir zuflüsterte, wie sehr sie mich liebe, war ich am Ende meiner Kräfte. Ganz sachte schob ich Barbara ein wenig zu Seite, richtete alles, was es zu richten gab und stammelte tröstende Worte. Ich wusste nicht, ob ich zu mir selbst sprach oder zu Barbara.

»Oh … ja, also … ich weiß nicht, was ich sagen soll. Es war … unbeschreiblich … ich weiß gar nicht, wie das passieren konnte … also, es tut mir leid, dass es hier … du weißt schon … so ein Ort … es sollte eigentlich woanders …« So etwas haspelte ich. Also ich weiß gar nicht, ob ich das wirklich gerade so schreiben soll. Vielleicht streiche ich es später. Während ich das schreibe, blicke ich tatsächlich ängstlich im Zimmer umher und horche auf die Familie. Es ist mir schrecklich peinlich. Nun ja.

Barbaras nächste Worte: »Parcifal. Das war das Vorspiel. Das nächste Mal wirst du mich lieben. Bei dir im Bett«, hauten mich aus den Schuhen.

»Barbara, das war … das war … Das darf nie nochmals …«

»Es wird. Und ich sage, wo und wann. Und weißt du warum? Ich war in deinem Haus. Ich habe Isabel gesehen. Du hattest sie in deinem Keller gefesselt und geknebelt. Ich habe Fotos gemacht. Und nicht nur das. Ich habe Isabel befreit und sie versteckt. Wie konntest du dem armen Mädchen so etwas antun! Sie ist völlig verstört. Und sie ist mir sehr dankbar für meine Fluchthilfe. So dankbar, dass sie mir ihre Haare gegeben hat. Ihre Haare sind meine Perücke heute. Du wirst mich in Zukunft lieben, Parcifal. Mich betören. Alles das tun, was ich will. Ansonsten gehe ich zur Polizei und erstatte Anzeige. Und nicht nur ich. Auch Isabel. Dann wirst du den Rest deines Lebens in der Geschlossenen verbringen. So, und jetzt wünsche ich dir einen schönen Abend, mein Lieber. Gib mir einen Abschiedskuss. Einen ordentlichen. Ich werde übrigens Isabel so lange nicht freilassen, bis du mir gesagt hast, dass du mich liebst. Aber so, dass ich es auch glaube, verstehst du. Ich melde mich.«

Nachdem sie mich geküsst hatte und nicht ich sie, drehte sie sich um und ging zurück in den ›Loomkanden Fürst‹.

Ich sah ihr entsetzt hinterher. Mein Gehirn weigerte sich, die Worte zu verstehen, die sie gerade gesagt hatte.

Ich erinnere mich, noch minutenlang auf dem Parkplatz gestanden und mich dann in mein Auto gesetzt zu haben. Vorher fiel mein Autoschlüssel dreimal in den Matsch, so sehr zitterten mir die Finger. Ehrlich gesagt, weiß ich nicht mehr, wie ich nach Hause gekommen bin. Mein Gehirn kam natürlich die ganze Nacht nicht zur Ruhe. Unentwegt grübelte ich darüber nach, was ich falsch gemacht hatte. Warum war diese Frau nur so hinter mir her? Hatte ich ihr unbeabsichtigt Avancen gemacht, die sie gründlich falsch verstanden hatte? Ich war kein Frauentyp. Ganz und gar nicht.

Mein Grübeln brachte mich jedoch keinen Schritt weiter. Das Einzige, was ich beschloss in dieser Nacht, war, mich von dieser Frau so fern wie nur möglich zu halten. Sie hatte Isabel befreit! Und versteckt? Auf der einen Seite hatte sie gesagt, Isabel sei ihr dankbar, auf der anderen Seite meinte sie, sie würde sie nicht freilassen. Was bedeutete das? Hielt sie

Isabel irgendwo gefangen? Wie eine Art Geisel, mit der sie mich jetzt erpresste? Damit ich ihr zu Willen war? In was für eine entsetzliche Situation war ich da hineingeraten!

Nach dieser Nacht war ich physisch soweit, meine Sachen zu packen und abzuhauen. Irgendwohin, wo mich niemand finden würde. Und gleichzeitig schockte mich der unsägliche Gedanke, dass ich dann vielleicht Isabel im Stich ließe. Dieses arme liebe Mädchen, das doch für das alles gar nichts konnte.

12. Kapitel

Barbara parkte ihr kleines rotes Auto vor dem Eingang zum Bunker. Aus dem Kofferraum holte sie ein Sechserpack Wasserflaschen und einen Korb mit Lebensmitteln. Vor vier Tagen war sie zuletzt hier gewesen. Sie zog einen Bund Schlüssel aus ihrer Jackentasche und öffnete die erste Gittertür, verschloss sie wieder, als sie in dem kleinen Vorraum stand und öffnete die nächste Tür, die aussah wie die Tür eines Tresors. Niemand wusste, dass sie für das Gelände noch Schlüssel besaß. Ihr Vater war für dieses Gelände zuständig gewesen, als hier noch Betrieb herrschte. Als sie klein war, hatte er sie oft mitgenommen. Als das Gelände geschlossen wurde, war ihr Vater schon lange tot. Niemand hatte nachgefragt, ob hierfür noch Schlüssel vorhanden wären.

Als Barbara in der Nacht ihren Mann bei Parcifal im Keller erwischt hatte, wie er es mit dieser Schlampe Isabel trieb, war ihr schlagartig klar geworden, warum ihr Mann und Parcifal unentwegt Schach spielten. Die trieben es in Parcifals Keller abwechselnd mit irgendwelchen Frauen. Bei ihrem Mann wunderte sie nichts mehr, aber dass dieser so schüchtern wirkende Parcifal daran beteiligt war, machte sie wütend. Deshalb also wollte er mit ihr nichts zu tun haben. Deshalb also beachtete er sie kaum. Ignorierte sie, egal, was sie auch anstellte. Sie war böse auf Parcifal und hasste diese dämliche Isabel. Sie fuhr nach Hause, hörte ihren Mann ins Haus stolpern und kurz darauf schnarchen. Eigentlich hatte sie vorgehabt, auch zu schlafen, aber das Gesehene beschäftigte sie derartig, dass sie wieder hinunter ins Wohnzimmer ging, zwei Gin trank und grübelte. Und dann wusste sie, was sie zu tun hatte.

Sie setzte sich ins Auto und fuhr zu Parcifals Haus zurück. Unter der Fußmatte fand sie Haustürschlüssel, wie Holger es ihr so oft erzählt hatte, und aus Parcifals Hosentasche zog sie den Kellerschlüssel. Sie war nahe dran gewesen, ihn zu küssen, als sie ihn schlafend da liegen sah, erinnerte sich aber rechtzeitig an ihren Plan.

Sie schlich in den Keller, öffnete die Tür und beugte sich über Isabel, die sie aus aufgerissenen Augen ansah. Tränen hatten ihre Wimperntusche verschmiert, die in schwarzen Rinnsalen die Wangen hinuntergelaufen war. Barbara blickte die Frau an und tat dann entsetzt.

»Isabel Glantz? Was ist hier los? Ich bin Barbara Heitmann. Ich wollte meinem Mann und Parcifal Wingenfelder etwas zu essen vorbeibringen. Und dann hörte ich Geräusche von hier unten und versteckte mich draußen, bis sich alles beruhigt hatte. Und nun finde ich Sie hier im Keller. Warten Sie. Ich befreie Sie erst einmal.«

Barbara riss die Knebel herunter und entfernte das Klebeband, nicht ohne unentwegt »schtscht« zu raunen und ihren Finger an ihre Lippen zu legen. Sie half Isabel aufzustehen, raunte ihr zu, nicht zu sprechen und schlich mit ihr die Kellertreppe empor. Während Isabel zitternd im Flur verharrte, ließ Barbara den Kellerschlüssel wieder in Parcifals Hosentasche fallen. Sie verschloss die Haustür und legte den Schlüssel unter die Fußmatte. Dann fasste sie Isabel am Arm und schleifte sie hinter sich her zum Auto. Sie setzte Isabel auf den Beifahrersitz und drückte ihr eine Flasche Gin an die Lippen. Isabel schluckte und hustete. Barbara schnallte sie an. Als sie selbst am Steuer saß, sackte Isabel schon in sich zusammen. Das Schlafpulver, das Barbara eigentlich für Holger vorgesehen hatte, tat seine Wirkung.

Und dann fuhr Barbara zum alten Militärgelände. Es war anstrengend, Isabel in den Bunker zu bugsieren, die sich aber zumindest torkelnd auf den Beinen halten konnte. Es war mehr ein Tragen und Schleifen und Barbara schnaufte wie ein Walross. Danach holte sie noch zwei Iso-Matten und eine dicke Decke aus dem Auto und schmiss alles auf den Boden in einem der hinteren Räume des Bunkers. Eine Thermoskanne mit heißem

Tee und drei belegte Brötchen ließ sie Isabel auch da. Dann verschloss sie alles, fuhr nach Hause und legte sich ins Bett.

Als sie das nächste Mal zu Isabel fuhr, war sie auf der Hut. Denn das Mädchen hatte nun keine Drogen mehr im Blut und da musste man aufpassen, falls sie über Barbara herfallen sollte. Barbara hatte ihren Elektroschocker dabei. Holger hatte ihr das Ding schon vor Jahren besorgt. Und nun konnte er vielleicht zum Einsatz kommen. Barbara war auf alles gefasst. Doch als sie die Tür öffnete, passierte nichts. Isabel hockte auf der Erde, die Decke um sich geschlungen und rührte sich nicht. Mit stumpfem Blick schaute sie auf Barbara.

Barbara stellte Wasserflaschen und Lebensmittel auf den Boden und starrte Isabel an.

»Hallo, Frau Glantz, wie geht es Ihnen? Ich … ich muss Sie noch einige Tage hier verstecken. Mein Mann und Herr Wingenfelder, die suchen nach Ihnen. Ich habe gehört, wie sie sagten, wenn sie Sie fänden, würden sie Sie umbringen. Weil Sie ja zu viel wüssten, nicht wahr? Deshalb müssen wir uns etwas überlegen. Ich habe mir gedacht, wir verändern Sie erst einmal optisch. Ich schneide Ihnen die Haare ab. Später verpassen wir Ihnen eine andere Farbe, und wenn Sie dann irgendwann draußen sind, fahren Sie weit weg und die beiden finden Sie nicht. Ich helfe Ihnen. Was meinen Sie dazu? Das klingt doch gut, nicht wahr?«

Isabel glotzte lediglich stupide vor sich hin. Nun denn, dachte Barbara, und machte sich an die Arbeit. Sie entnahm ihrem Korb eine Schere, stellte sich zu Isabel und schnitt ihr die Haare ab. Sehr sorgfältig und sanft drapierte Barbara diese Kostbarkeit auf mitgebrachten Tüchern, ordnete diese in ihrem Korb und wandte sich zum Gehen. Dann zögerte sie, schraubte eine Wasserflasche auf, setzte sie Isabel an die Lippen und zwang sie zu trinken. Isabel wehrte sich nur kurz, dann schluckte sie. Barbara öffnete einen kleinen Kochtopf und löffelte ihr heiße

Hühnersuppe ein. Isabel schluckte brav. Barbara stellte alles auf den Boden, befahl »Aufessen« und ging. Sie würde übermorgen wieder kommen und nachschauen, wie es dem Mädchen ging.

Zu Hause präparierte sie mit geübten Fingern die Haarpracht und begann die Perücke zu knüpfen, die Parcifal verführen sollte. Sie liebte diese Arbeit und vergaß alles um sich herum. Murmelnder Singsang begleitete ihr Tun. Sie begrüßte Holger nur kurz, wenn er abends nach Hause kam, und es war ihr völlig gleichgültig, ob er wieder ging oder nicht. Wenn sie spätnachts ins Bett schlüpfte, war es ihr egal, ob er schnarchte oder nicht. Sie ging in Gedanken die nächsten Fingerübungen für ihre Perücke durch. Dieses Wunderwerk, das Parcifal in Bann schlagen würde. Seine Stimme würde ihr gehören. Seine leidenschaftlichen Worte nur ihr. Barbara kribbelte es am ganzen Körper. Sie flocht bei dieser Perücke ihr ganzes Herz, ihre ganze unerfüllte Sehnsucht hinein. Sie fühlte sich um Jahre verjüngt.

Als sie nun heute den Raum betrat, in dem Isabel mehr schlecht als recht hauste, blickte die ihr entgegen. Und in diesem Blick lag nicht mehr die die stupide Seelenangst. Barbara schnüffelte und merkte, dass Isabel roch. Barbara hatte ihr schon letztes Mal Windelhöschen mitgebracht, die nun in einer Ecke lagen und stanken. Barbara zog ihre mitgebrachten Einmalhandschuhe an und entsorgte den Haufen in eine Mülltüte. Die trug sie dann erst einmal nach draußen und schmiss sie hinter dem Bunker in eine Grube. Als sie zurückkam, sprach Isabel erste Worte: »Was haben Sie mit mir vor?«

»Ich beschütze dich. Und wenn du reisefertig bist, ich meine, wenn du soweit stabil bist, dass du gehen kannst, kriegst du von mir ein Flugticket One-Way und kommst nie wieder zurück. Solltest du zur Polizei gehen und meinen Mann oder Parcifal Wingenfelder fertigmachen wollen ... dann, nun ja. Dann vergammelst du hier eben.«

»Sie werden nie sicher sein können, dass ich gerade das nicht tun werde.«

»Also keine gute Ausgangsposition für dich, nicht wahr?«

»Und nun? Sie werden mich hier doch nie raus lassen.«

Barbara schwieg, zeigte mit ihrem Elektroschocker in der Hand auf den Korb mit Lebensmitteln und wandte sich um. Forschen Schrittes ging sie zur Tür, warf sie von außen zu und verriegelte sie. Sie wusste selbst nicht, was sie mit diesem Mädchen nun tun sollte. Manchmal war ihr der Gedanke gekommen, einfach nicht mehr hierher zu fahren. Nie wieder. Dann bräuchte sie sich auch keine Gedanken mehr zu machen.

13. Kapitel

Isabel kroch der Frau auf allen Vieren hinterher. Doch sie war zu langsam. Die massive Bunkertür, an der sie sich bereits alle Finger blutig gekratzt hatte, fiel zu. Sie wusste, dass es unnütz war, zu schreien, sie schrie trotzdem.

»Hilfe, lassen Sie mich hier raus. Ich mache auch alles, was Sie wollen. Ich sage niemanden irgendetwas. Ich gehe weit weg, wenn Sie mich gehenlassen. Sie werden mich nie wiedersehen. Ich verspreche es. Ich schwöre es. Bitte, bitte, lassen Sie mich raus.«

Nachdem sie es fünfmal gerufen hatte und ihre Stimme mittlerweile krächzte, sackte sie vor der Tür zusammen und blieb liegen. Sie wusste nicht mehr, wie oft sie diese Anstrengung schon unternommen hatte. In den ersten Tagen hatte sie rund um die Uhr die Tür traktiert. Ergebnislos. Ihre Augen hatten jeden Zentimeter des Raumes geröntgt, um ein Schlupfloch ausfindig zu machen. Sie war durch ihr Verlies gekrochen, bis ihre Knie blutig geschürft waren. Ihre Strumpfhose war zerfetzt. Sie wünschte, sie hätte an dem Tag im Büro Jeans und Pullover getragen und nicht Etuirock, Bluse und Blazer. Aber wie hätte sie auch nur ahnen können, was an jenem schrecklichen Tag passieren würde. Isabel schluchzte verkrampft vor sich hin. Wäre sie bloß nicht zu Parcifal ins Auto gestiegen. Wäre sie ihm doch nur nicht ins Haus gefolgt. Wie sie ihm tatsächlich in sein Schlafzimmer folgen konnte, sich dort aufs Bett legen und ihn anmachen konnte, verstand sie überhaupt nicht mehr. Sie zerfleischte sich in Selbstvorwürfen.

»Ich muss nicht bei Trost gewesen sein«, waren die Worte, die sie laut zu sich selbst sprach. Hunderte Male hatte sie den Satz gegen die schweigenden Wände geschrien, geflüstert, verzweifelt, anklagend. Sie raufte sich die Haare und erschrak sofort. Denn es waren kaum noch welche da. Sonst hatten ihre Hände in eine schwere Masse gegriffen, jetzt fühlte es sich dünn und kalt an. Diese widerliche Barbara hatte ihre schönen Haare bis über die Ohren abgeschnitten. Isabel war so erschrocken über diese Maßnahme gewesen, dass sie es nicht gewagt hatte, sich zu wehren.

Wenn ich mich weigere, sticht sie mich mit der Schere ab, war ihre Angst. Was brachte es der Frau, ihr die Haare abzuschneiden? War sie wirklich der Meinung, mich damit völlig zu entstellen? Ich sehe doch noch genauso aus wie mit langen Haaren, oder nicht? Diese Frage hatte sie in den letzten Tagen an den Rand der Verzweiflung gebracht, bis sie sich damit tröstete, dass sie wieder nachwachsen würden. Was machte sie sich Gedanken über ihre Haare, wenn ihr doch viel Schlimmeres passiert war. Tränen rannen Isabel über die Wangen. Sie wunderte sich, dass noch welche da waren. Anscheinend gab es irgendwo hinter den Augen einen Staudamm, der sich immer wieder füllte.

»Wenn ich wieder draußen bin, muss ich das googeln«, erzählte sie einer imaginären Person. »Ich muss wissen, warum man tagelang heulen kann.«

Da war er wieder, dieser Schock, der sie bereits so oft überfallen hatte, dass sie auch jetzt erstarrte und aufhörte zu heulen. Würde sie denn jemals hier wieder raus kommen? Diese schreckliche Frage ließ sie nur dasitzen und vor sich hin starren. Was, wenn diese Frau einfach nie mehr kam? Oh, Gott! Isabel fror es. Nein, das würde nicht passieren. Denn immerhin hatte diese Barbara sie doch aus dem Keller gerettet? Doch nicht, um sie dann hier im Bunker sterben zu lassen? Das war ja völlig unsinnig. Isabel spürte dieses nervliche Zittern, das sie schon in den letzten Tagen so massiv überfallen hatte. Aus dem sie mit Schreien und sprunghaftem Herumgerenne zu entkommen versucht hatte. So lange, bis sie erschöpft auf die Isomatten gefallen war und sich dann stundenlang überhaupt zu gar nichts mehr aufraffen konnte. Isabel zog die Knie dicht an den Körper und umfasste sie mit den Armen. Sie wiegte sich selbst wie ein Kind. Ihre Stirn berührte ihre Knie. Sofort roch sie sich selbst. Sie war so schmutzig. Eine Gänsehaut überlief sie. Und, was noch schlimmer war, sie roch

Holger. Sofort sprang sie hoch. Ihre Arme schlugen angeekelt um sich. Sie griff sich eine von Barbaras mitgebrachten Windeln und rubbelte und rubbelte ihren Unterleib, bis es schmerzte. Es war bereits alles wundgescheuert, aber Isabel konnte diesem Zwang nicht wiederstehen. Sie griff nach einer weiteren Windel und noch einer.

»Ich werde diesen abscheulichen Geruch nie wieder los«, schrie sie durch den Raum, hüpfe wie ein Flummi durch die Gegend, schüttelte sich, wand sich. Sie hatte bereits einige Mineralwasserflaschen über sich gegossen, ignorierend, vergessend, dass sie sie hätte lieber trinken sollen. Doch in diesen Momenten erschien ihr das Verdursten nicht so schlimm wie dieser Geruch der Vergewaltigung. Ganz kurz durchfuhr sie der beglückende Gedanke, dass sie nicht schwanger war. Letzte Woche hatte sie ihre Regel bekommen und wenn das hier auch aufgrund der mangelnden Hygiene eine abstoßende Prozedur gewesen war, hatte sie sich doch für kurze Zeit mit ihrem Körper versöhnt. Wenn ich hier rauskomme, werde ich drei Tage lang nur in der Badewanne sitzen, dachte Isabel.

»Ich kann doch mit diesem abscheulichen Mann nie wieder zusammenarbeiten«, rief sie laut. Und sofort: »Unsinn, was rede ich denn da. Werde ich auch nicht tun müssen. Wenn ich hier rauskomme, wandert der ohnehin ins Gefängnis.« Ein beruhigender Gedanke. Doch jetzt war sie wieder da, wo sie mit ihren Gedanken schon so oft war: Wenn sie hier wieder rauskam. Das war der Punkt, an dem ihre kurz aufflackernde Energie sofort wieder erlosch.

Isabel kauerte sich auf ihrer Matte wie ein Embryo zusammen, kroch unter die Wolldecke. Wieder liefen die dummen Tränen. Brannten. Sie wischte sich mit einem Zipfel der Decke über die Augen. Der Zipfel war schon ganz schwarz von ihrer Wimperntusche. Apathisch starrte Isabel den schwarzen Zipfel an. Sicher suchte man nach ihr. Oder etwa nicht? Offiziell war sie ja in Urlaub. War sie das eigentlich noch? Isabel hatte jedes Gefühl für die Zeit verloren. Wusste nicht, wie lange sie hier schon rumlag.

»Warum bin ich nur mit diesem schrecklichen Parcifal ins Haus gegangen«, flüsterte sie. »Warum habe ich nicht einfach im Auto auf ihn gewartet, bis er sein Rezept geholt hat.«

Du warst scharf auf ihn, antwortete ihr Gehirn schonungslos. Isabel krümmte sich. Ja, genau das war es gewesen. Sie hatte mit ihm gespielt. Hätte ihn gerne verführt. Weil er sich anstellte, war so etwas wie Jagdinstinkt über sie gekommen.

»Und ich mochte seine Stimme«, kam es weinerlich aus ihrem Mund. »Er hat so eine wunderbare, warme Stimme. Parcifal, kannst du mich hier nicht rausholen? Ich verzeihe dir auch. Eigentlich ist alles meine Schuld. Du warst mit mir am Verzweifeln, nicht wahr? Bitte, bitte, Parcifal, hol mich hier raus.«

Isabel schluchzte sich in Schlaf. Ihre Wut auf Parcifal und Holger, die sie in ersten Tagen ihres Hierseins so verflucht hatte, wandelte sich. Wie hatte sie sie beschimpft. Über Drecksack, Kotzbrocken, Schweinebacke bis hin zu Sackgesicht und Pestzecke hatte sie alles aus sich hervorgeholt, was ihr jemals untergekommen war. Mittlerweile wünschte sie, Parcifal würde sie retten. Seine Stimme nahm sie mit in ihre Träume, aus denen sie immer wieder hochschreckte.

»Ich werde hier verrecken und niemand wird mich finden«, hallte es von den kalten Wänden und Isabel zog sich die Decke über den Kopf, denn sie wusste es war das Echo ihrer eigenen bösartigen Stimme.

»Parcifal, finde mich«, wimmerte sie.

14. Kapitel

Die Ereignisse der letzten Tage hatten mich völlig fertiggemacht. Nachdem ich Frank am nächsten Tag den blinkenden Frosch übergeben hatte und Marlene bemerkte, dass ich ziemlich krank aussehe, hatte ich mich Montagmorgen zum Arzt geschleppt und mich krankschreiben lassen. Ich traute mich kaum noch aus dem Haus. Ich hatte Panik, Barbara zu begegnen und sah sie hinter jedem Baum und jedem Strauch auf mich zustürzen. Ich hatte das Gefühl, auf einer tickenden Zeitbombe in Form von Isabel und Barbara zu sitzen. Und gerade diese schreckliche Barbara erpresste mich mit Sex. Ich wartete auf die Minute der Explosion und wusste nicht, was ich tun sollte. Manchmal dachte ich, es einfach hinter mich zu bringen und Isabel damit zu retten. Ich probte in Gedanken, ob ich es könnte. Könnte ich mich prostituieren? Denn das war es ja wohl. Allein der Gedanke, so zu tun als ob, bescherte mir Schweißausbrüche. Es erschien mir unmöglich, mit Barbara im Bett zu liegen und sie … Das alles machte mich wirklich fertig.

Als ich es wagte, am Freitag meiner Krankwoche zur Burg hinaufzugehen, war es sehr warm. Ich hatte das Gefühl, nach Tagen des Eingesperrtseins an die Luft zu müssen, sonst wäre ich erstickt. Barbara hatte sich nicht blicken lassen. Fast war ich soweit, mir einzubilden, das Ganze wäre gar nicht passiert. Es war früher Nachmittag, als ich oben ankam. Zwei Bekannte aus dem Dorf spielten Schach und Henri saß in seinem Häuschen und verkaufte gerade Karten an fünf Besucher. Ich grüßte ihn aus der Entfernung, gesellte mich zu den beiden Spielern, setzte mich auf eine Steinbank und schaute zu. Im Geiste ging ich die nächsten Schachzüge durch, die ich gespielt hätte und entschied mich für die schwarzen Figuren, die meines Erachtens in der besseren Position waren. Ich genoss die Wärme der Sonne und hatte nach Tagen der Leere ein wenig das Gefühl von Frieden. Und dann stieg mir dieser Duft in die Nase und ich erstarrte. Das Parfüm von Barbara. Ich wurde zur Salzsäule. Es war mir unmöglich, mich umzudrehen. Ich wusste, sie stand hinter mir. Ich dachte nur, wenn sie dich anfasst, kriegst du einen Schreikrampf. Die Erwartung, dass es jetzt, nein, jetzt, so, jetzt aber, passieren würde, war so intensiv, dass ich die Augen schloss und ihre Hände auf meinen Schultern spürte. Dann drehte ich mich so schnell um, dass meine Nackenmuskulatur knackte.

Barbara. Meine Nase stieß beinahe gegen ihren Bauch, so dicht stand sie hinter mir. Ich vergaß zu atmen. Jedenfalls kurz. Schnappte nach Luft. Dann setzte sie sich neben mich.

»Ich war bei dir zu Hause. Aber du warst nicht da. Da dachte ich mir schon, dass du bei diesem schönen Wetter hier oben bist. Nett hier. Ich war vor Jahren zuletzt hier oben. Der Anstieg ist so mühselig. Ich schwitze wie wahnsinnig. Holger erzählte, dass du diese Woche krank bist. Was fehlt dir denn? Im Moment siehst du nicht gerade krank aus.«

Ich knetete wie wild mit meinen Fingern in meinem Schoß herum. »Grippe. Heute ist der erste Tag, an dem ich wieder ein bisschen rausgegangen bin.«

»Bei euch im Amt ist viel zu tun. Holger muss fast jeden Abend Überstunden machen. Weil du ja nicht da bist. So wie heute auch. Gehen wir?«

»Gehen? Wieso?«

»Ich möchte mit dir schmusen. Bei dir.«

Ich kann unmöglich beschreiben, was ich fühlte. Es war Entsetzen, gepaart mit Widerwillen, Angst und beinahe Mordlust, sodass ich mir vor mir selbst ekelte.

Ich sah sie nicht an. Ich spürte ihre gierigen Blicke. Und dann ergriff sie meine Hände.

»Du bist so nervös, Parcifal. Musst du nicht.«

Ich erschrak und zuckte zurück, rückte nach rechts, bis die Bank mir ihr Ende aufzeigte. Barbara wollte nachrücken. Sie war jedoch nicht schnell genug. Henri kam ihr zuvor und setzte sich neben mich, zwischen Barbara und mich. Ich spürte ihren Unwillen mehr, als ich ihn sah.

»Entschuldigen Sie, gnädige Frau, erlauben Sie bitte, dass ich mich dazwischen drängle. Sie sind so schlank, dass es passen müsste, denke ich. Ich muss mit diesem Herrn hier ein wenig über das Schachspiel fachsimpeln und möchte das nicht über Ihren Kopf hinweg tun.«

Henri lächelte Barbara an, die ihm verzieh, wie ich an ihrem Gesichtsausdruck bemerkte oder es unbedingt glauben wollte. Ich war gerettet, jedenfalls fürs Erste. Meine Gedanken glitten jedoch in die nächsten Stunden und waren grauenvoller Art. Ich wusste, ich könnte es nicht über nicht bringen, mit dieser Frau … Ich spürte, dass ich bis unter die Haarwurzeln errötete und mir der Schweiß aus allen Poren trat.

Henri fragte mich drei- bis viermal etwas über Schachzüge, die ich mechanisch, ohne nachzudenken, beantwortete. Konzentration war für mich ein Fremdwort geworden. Jedenfalls, was das Schachspiel betraf. Meine Konzentration auf Barbara war so intensiv, dass sie mir wie eine Hydra die Luft abwürgte. Dann fragte Barbara Henri, wer er sei. Sie hätte ihn hier noch nie gesehen.

»Ich bin hier der Burgherr für die Touristen. Henri Langhans, seit einigen Wochen hier verpflichtet.«

Barbara schmachtete ihn an. Ich betete insgeheim, sie möge sich in ihn vergucken, weil er doch so attraktiv aussah. Und sie möge mich aus ihrem Leben streichen. Mich packte bei diesem Gedanken eine solche Erleichterung, dass ich vor lauter Erregung gar nicht mehr still sitzen bleiben konnte.

Wenn ich mich entferne, können die beiden in Ruhe plaudern, dachte ich, erhob mich und schlenderte näher ans Spielfeld. Hinter meinem

Rücken hörte ich Barbaras gurrendes Geplauder und hoffte auf einen Sieg über meine Angst. Doch dann trat Henri neben mich.

»Ist die Dame deine Frau?«, fragte er.

»Oh, nein. Sie ist die Frau von meinem Arbeitskollegen.«

»Ach, so. Einer von den beiden Schachspielern hier?«

»Nein.«

»Will sie die Burg besichtigen?«

»Ich glaube nicht.«

»Ach, so. Du triffst dich hier mit ihr?«

»Nein.«

Ich spürte Henris neugierigen Blick und hatte das Gefühl, mich rechtfertigen zu müssen, was mich sogleich ärgerte. Nur weil ich mich mit Barbara unterhielt, musste ich doch nicht gleich was mit ihr haben. Warum ich dachte, dass Henri das dachte, wusste ich auch nicht. Ich vermute, mein schlechtes Gewissen war schuld.

»Ist sie dir sympathisch?«, fragte Henri neugierig.

»Nun, ja, also …«, wagte ich zu flüstern.

»Verstehe.«

Henri und ich tauschten Blicke. Ich hatte das Gefühl, einen Verbündeten gefunden zu haben, was bei mir so selten vorkam, eher so gut wie nie, dass ich mich schon wieder wunderte und misstrauisch wurde.

»Will sie was von dir?«, raunte Henri und boxte mich flapsig in die Seite.

Ich nickte kaum merklich, sah zu Boden, wusste gar nicht, was ich darauf antworten sollte. Ich war wirklich peinlich berührt über diese Frage. Wie sollte ich Barbaras Tun erklären?

»Soll ich sie dir vom Hals schaffen?«

Ich starrte Henri ziemlich entgeistert an. »Wie meinst du das?«

»Ich kümmere mich ein wenig um sie. Dir würde ich diesen Gefallen gerne tun. Dafür weihst du mich in die tiefen Geheimnisse des Schachspiels ein. Und – Blutsbrüder – ähm – Schachbrüder müssen doch zusammen halten.«

»Im Ernst?«

»Sicher.«

»Okay«, antwortete ich gedehnt und reichte ihm zögerlich die Hand.

Henri schlug kräftig ein, was mich kurz irritierte und ging zu Barbara zurück. Ich verweilte noch fünfzehn Minuten bei den Spielern, äugte verstohlen zu Barbara und Henri hinüber und wandte mich dann langsam um. Ich nahm all meinen Mut zusammen und verabschiedete mich offiziell mit Handschlag von Barbara und Henri. Barbara beachtete mich kaum. Sie hing mit glühenden Blicken an Henri, der, man glaubt es nicht, ihre Hand hielt.

Ich wagte es, mich langsam zurückzuziehen und machte einen Hüpfer, als ich außer Sichtweite des Plateaus war. Ja, okay, einen gedanklichen Minihüpfer. Ich betete, dass Barbara mich weder heute noch in Zukunft je wieder besuchen würde. Doch was würde dann aus Isabel werden? Wo war sie? Würde Barbara sie frei lassen, wenn ich nicht mit ihr ...

Da ging es schon wieder los. Dieses Grübeln.

15. Kapitel

Barbara sah auf, als Parcifal ihr zum Abschied die Hand reichte und erinnerte sich schlagartig, dass sie ja hier oben war, um mit ihm zu seinem Haus zu gehen und dort mit ihm zu schlafen. Nur deshalb hatte sie Stunden am Schminktisch gesessen und Isabels Perücke auf dem Kopf, die gerade ein wenig juckte, weil die Sonne sie erhitzte. Barbara hütete sich, daran zu kratzen. Eigentlich hatte sie auch vorgehabt, nach Parcifal zu Isabel in den Bunker zu fahren, um ihr Lebensmittel zu bringen. Doch dieser Henri betete sie ja geradezu an. Soeben schweiften seine Blicke bewundernd über ihr Dekolleté. Barbara setzte sich aufrecht und wölbte das, was sie hatte, aufreizend vor. Ganz kurz schoss ihr den Kopf, gerade abgegeben worden zu sein, und sie kniff die kleinen Augen zusammen, sodass die fast in den Fettfalten verschwanden, aber dann sah sie den begehrlichen Blick von Henri und lächelte. Sie konnte ja auch erst mit diesem und morgen mit Parcifal. In ihr breitete sich ein behagliches Kribbeln aus und sie dachte an einen Hauptdarsteller ihrer Pornofilme, dem Henri wirklich sehr ähnlich sah. Parcifal konnte warten.

»Henri, Sie sind ein äußerst attraktiver Mann. Ich nehme an, Sie sind sich dessen bewusst?«, schmeichelte sie.

»Ich? Oh, nein. Ich glaube nicht. Ich lebe hier wie ein Einsiedler, wissen Sie. Aber Sie, Barbara, nun ja, was soll ich sagen. Ich habe seit Ewigkeiten keine so ... wunderbare Frau wie Sie gesehen, wenn ich mir erlauben darf, das zu sagen. Ich möchte Ihnen auf keinen Fall zu nahe treten.« Henris Gesicht wandte sich dem Boden zu. Mit der Schuhspitze zog er verlegen einige Striche in den Sand.

Barbara beobachtete das liebevoll. Gott, war der niedlich. Sie griff nach seiner Hand, die neben ihr auf der Bank ruhte und ließ sie sofort wieder los, als die zwei Schachspieler ein »Tschüss« herüberriefen und im

Waldpfad nach unten verschwanden. Kurz blickte sie sich um. Sie war mit Henri alleine.

»Haben Sie hier eine Wohnung, Henri?«

Henri sah auf und nickte.

»Kraxeln noch Touristen in der Burg rum?«

Henri schüttelte den Kopf. »Ich werde gleich abschließen.«

»Und dann?« Barbaras Stimme wurde heiser.

»Dann habe ich Feierabend.«

»Wie können es uns ja drinnen bei Ihnen gemütlich machen.«

»Da drinnen ist es nicht gemütlich. Nur ein Notsofa und so. Mein Heim befindet sich ein wenig den Berg rauf in einer Jagdhütte. Dort gibt's einen kleinen Wasserfall, der vom Berg runterkommt und unten in den See fließt. Es ist sehr romantisch dort. Ich könnte uns eine Flasche Wein öffnen und wir könnten draußen sitzen und ein wenig plaudern. Es ist so eine wohlige Nacht.«

Barbara lauschte seiner Stimme. »Ach, Henri, das hört sich toll an. Komm, gehen wir.«

»Vermisst Sie auch niemand?«

Barbara lächelte, rief Holger an und sagte ihm, dass sie mit einer Freundin ins Kino gehe.

Der Anstieg zu der Jagdhütte kostete Barbara Kraft und Schweiß. Henri marschierte vor ihr und hörte mehrmals ihr »ich brauche eine kurze Verschnaufpause, wie weit ist es denn noch?«

Es wurde allmählich dunkel und Barbara fragte sich, was sie hier eigentlich tat. So hatte sie sich ein Abenteuer nicht vorgestellt. Als sie endlich die Jagdhütte erreichten, war sie enttäuscht. In dem Ding konnten Holzfäller vielleicht ihre Brote verzehren, aber mit Romantik hatte das wenig zu tun. Der Wasserfall war ein dahin plätscherndes Rinnsal. Aus dem Gartenschlauch zu Hause kam es sprudelnder. Barbara fragte sich, auf was sie sich da eingelassen hatte.

»Barbara, darf ich du sagen?«, fragte Henri und sie nickte ungnädig.

Er schloss die Tür auf, bat sie, sich zu setzen und Barbara ließ sich auf einen Stuhl nieder, den sie als leidlich bequem einstufte.

Ihre Füße schmerzten und sie schob die Pumps von den Füßen. Die waren für so eine Tour durch die Wildnis nicht geeignet. Sie beglückwünschte sich insgeheim, nicht die Stöckelschuhe angezogen zu haben. Dann blickte sie sich um.

Henri hatte einige Petroleumlampen angezündet und Barbara verzog die Nase ob des Geruchs. Sie griff in ihre Handtasche, holte ihren Parfümzerstäuber hervor und besprühte die Luft. Er schnüffelte und musste niesen. Er wandte ihr den Rücken zu und verzog das Gesicht zu einer bösen Fratze. Dieses Parfüm! Es reichte vielleicht für den Straßenstrich, mit dem die Nutten die Gerüche ihrer Freier zu übertünchen versuchten. Versuchten! Er konnte sich nicht vorstellen, dass sie diesen Duft jemals wieder los würden. Warum Barbara und viele andere diesen Kaufhausgeruch so überbewerteten, war ihm ein Rätsel. Er wandte sich um und reichte Barbara ein Glas mit Rotwein, den sie in sich hineinschüttete. Ihre Kehle war komplett ausgedörrt. Danach fühlte sie sich ein wenig wohler. Henri schenkte nach und stellte ein kleines Tablett mit Brot und Käse, verpackt in Frischhaltefolie, das er aus seinem Rucksack gezaubert hatte, auf den kleinen Rolltisch zu ihrer Rechten.

Barbara langte zu. »Welch ein Glück, dass du an etwas zu essen gedacht hast, Henri.«

Er setzte sich ihr gegenüber und legte die Hand auf ihre dicken Schenkel. Sein Kinn zierte ein Grübchen, das Barbara erst jetzt auffiel. Sie beugte sich vor und schmatzte darauf. Henri wischte sofort mit seiner Hand die Krümel fort.

»Barbara, solltest du vielleicht telefonieren und Bescheid sagen, dass du heute … gar nicht mehr kommst?«

Sie sah ihn an. Sah seine Augen, seine Lippen, spürte seine Hände, nickte sehnsüchtig und rief erneut Holger an. Dann lehnte sie sich zurück, befeuchtete ihre Lippen, schlürfte provokant ihren Rotwein und rekelte sich. Fast lag sie im Stuhl, öffnete ihre Beine. Henri kam näher.

»Dein Parfüm, Barbara …«

»Drapée, Henri …«

Henris Augen verdunkelten sich.

16. Kapitel

Am Montagmorgen öffnete ich die Haustür, reckte mich, lief ans Ende des Steges und hechtete nackt wie immer ins Wasser. Auf halbem Weg zurück stießen meine Füße an etwas Hartes. Nichts Kleines, etwas Großes. Meine Füße tasteten. Ein Schauer durchrann mich. Ich legte mich auf den Rücken und schob den Gegenstand mit den Füßen Richtung Seemitte, um ihn loszuwerden. Da mir das jetzt zum dritten Mal passierte und die beiden Male zuvor eine Leiche gefunden wurde, ekelte ich mich dermaßen, dass ich sofort zurückschwamm. Ich weigerte mich vehement, weiter darüber nachzudenken, marschierte ins Haus, trocknete mich, zog mich an und fuhr mit dem Fahrrad zur Arbeit. Als ich die Bürotür Nummer 327 öffnete, saß Holger bereits an seinem Schreibtisch.

Sein »Morgen, Parcifal, na, wieder fit?«, bestätigte ich nickend.

»Was hattest du denn?«

»Grippe, aber so was von. Ich war echt platt.«

»Ich bin zweimal bei dir rumgefahren. Aber du warst nicht da.«

»Da war ich wohl beim Arzt oder in der Apotheke.«

»Weißt du, wen ich Samstagabend in der Kneipe getroffen habe? Frank.«

»Und - gibt's wieder 'ne Leiche?«

»Nee, nicht dass ich wüsste. Aber die Soko in der Stadt hat tatsächlich anhand der Fingerabdrücke auf den Kaffeebechern, die sie aus dem Müll von der Burg gepult haben, Gott sei Dank waren das nicht so viele, da oben ist ja noch nicht viel los, rausgefunden, dass die eine Frauenleiche, also die letzte, wohl eine Frau aus München ist. Der haben sie mal vor elend langer Zeit wegen Widerstand gegen die Staatsgewalt die Abdrücke genommen. Atomkraft Demo oder Castor oder so was. Und jetzt recherchieren die Münchner. Da wird man wohl bald mehr wissen.«

»Aha.«

»Aber geh damit bloß nicht hausieren. Du weißt, Frank erzählt so etwas nur seinen Freunden, also uns.«

»Weiß ich doch.«

Holger beugte sich zu mir hinüber. »Und weißt du, was er noch erzählte? Das ist jetzt aber top secret, okay? Da oben auf der Burg, da gibt es irgendeinen Hausmeister oder so. Henri soundso. Dem haben sie auch die Fingerabdrücke abgenommen. Wegen abgleichen und so. Und weißt du was? Dem seine sind registriert. Der war mal in Verdacht geraten, seine Ehefrau um die Ecke gebracht zu haben. Ist aber im Sande verlaufen. Der war das dann nicht. War wohl ein Unfall im Haus. Ich hab auch schon immer zu Barbara gesagt, sie soll zum Fenster putzen 'ne ordentliche Leiter aus der Garage holen und sich nicht immer auf einen wackeligen Küchenstuhl stellen. Aber du kennst ja Barbara. Das ist ihr dann schon wieder zu viel Arbeit. Apropos, Barbara. Hast du sie am Wochenende vielleicht irgendwo getroffen?«

»Ich? Nee, wieso?«

»Ja, das war ganz komisch. Sie rief mich Freitag hier im Büro an, ich musste ja Überstunden schieben, weil du nicht da warst, und meinte, sie würde ins Kino gehen. Und später rief sie noch einmal an und meinte, sie würde das ganze Wochenende bei ihrer Freundin verbringen. Ich war Dart spielen und habe sie kaum verstanden. Es war ziemlich laut dort, weißt du, und mein Handy … nun ja. Jedenfalls hatte ich den Eindruck, im Hintergrund plätschere Wasser. So wie Wellenschlag eben, verstehst du. Und da dachte ich – nun, ja, also ich dachte, sie wäre vielleicht am See. Und dass du sie dort gesehen haben könntest. Nun ja, und heute Morgen war sie immer noch nicht zu Hause.«

»Nee, hab ich nicht.«

»Okay. War ja nur 'ne Frage.«

Ich sah Holger an und hatte das Gefühl, dass der sich irgendwie Sorgen machte. Das passte gar nicht zu ihm. Er schien sich heute Morgen auch nicht so sorgfältig rasiert zu haben wie sonst. Ich bemerkte deutlich Bartstoppeln. Sein blau-weiß gestreiftes Hemd schien ungebügelt und die Haare wirkten ungekämmt. Holger sah sonst immer aus wie aus dem Ei gepellt. Seine Hosen hatten akkurate Bügelfalten und kein Fussel zierte sein Jackett. Heute schien er in diesen Sachen geschlafen zu haben. Ich bekam ein furchtbar schlechtes Gewissen, weil ich an die Nacht auf dem Parkplatz dachte. An Barbaras Worte, an ihre Liebesgier, daran, dass sie Isabel irgendwo versteckte, mir plötzlich Essen brachte und, und, und. Ich verkroch mich förmlich hinter meinen Monitor.

Das mit Henri haute mich auch um. Der war verdächtigt gewesen, seine Frau … nun, verdächtigt, aber dann war da nichts dran gewesen. Okay, da sollte man nicht weiter drüber nachdenken. Ich arbeitete mich systematisch durch die Berge von eingereichten Steuererklärungen und schmunzelte mehrmals vor mich hin, wenn da wieder Werbekosten geltend gemacht wurden, die mir die Haare zu Berge stehen ließen. Es gab sogar Leute, die meinten, sie könnten ihr Hundefutter absetzen, weil sie Hundesteuer zahlten. Oder Rasendünger und Blumenzwiebeln, weil sie ja für ihren Grund und Boden Grundsteuer zahlten. Den Vogel schoss eine Rentnerin ab, die die Urne ihres verstorbenen Mannes absetzen wollte, mit der Begründung, sie könne ja nichts dafür, dass er gestorben sei. Und es sei sein Wunsch fürs Krematorium gewesen, sie hätte lieber im Garten ein Loch gegraben. Sie wüsste überhaupt nicht, wie sie diese Kosten bis zu ihrem Lebensende bezahlen könne. Wie immer empfand ich mit so einem Menschen Mitleid. Ich war nahe dran, die Sache durchzuwinken. Rechtzeitig erinnerte ich mich daran, dass ich als Staatsdiener solchen Regungen nicht nachgeben durfte. Es gab Regeln und Bestimmungen. Das wäre ja noch schöner, wenn jeder machen könnte, wie er wollte. Ich setzte den Stift an und strich.

Als es an unserer Tür klopfte, sah ich auf. Es war Frank. Holger und ich staunten nicht schlecht. Frank war noch nie bei uns im Finanzamt gewesen. Also jedenfalls nicht bei uns. Dieser Umstand und seine Polizeiuniform bewirkten, dass ich mich sofort höchst unwohl fühlte. Ich bekam Herzklopfen und Schweißausbrüche. Mein schlechtes Gewissen wegen Isabel meldete sich sofort.

»Parcifal, Holger, Mahlzeit. Holger, können wir bitte unter vier Augen …«, kam es von Frank und er blickte mich herausfordernd an. Ich wusste plötzlich, wie es sich anfühlen musste, wenn Leute Erstickungsanfälle bekamen.

»Wieso? Was ist los?«, meinte Holger. »Parcifal ist mein Freund. Ich habe ihm alles von Samstag erzählt, was du mir erzählt hast. Parcifal weiß alles.«

»Hätte ich mir denken können. Aber darum geht es nicht.«

Ich erhob mich. »Kein, Problem, Holger. Ich geh in die Kantine.«

»Warte, Parcifal. Ich habe einen Kollegen mitgebracht. Den musst du jetzt ins Präsidium begleiten«, entgegnete Frank.

»Was? Wieso?« Ich fiel aus allen Wolken.

»Das wird man dir dort dann sagen. Pack bitte deine Sachen zusammen. Wir haben bereits mit dem Leiter hier gesprochen. Der weiß Bescheid, dass dein Arbeitstag für heute hier beendet ist.«

Ich starrte Frank und Holger an und griff nach meiner Aktentasche. Ich stellte keine Fragen. Eine Art Hypnose hielt mich gefangen. Mir war kalt und mir war übel. Ich funktionierte, sonst nichts. Für den Rest meines Lebens werde ich dieses Gefühl nicht vergessen. Kein Gedanke war in mir. Alles nur Leere. Ich hatte Angst und wusste nicht, wovor. Irgendetwas musste passiert sein, wovon ich keine Ahnung hatte. Ich hatte das Gefühl, als hinge ich mit dem Kopf in einer Schlinge und gleich würde jemand den Stuhl unter mir wegziehen.

Wenn ich jetzt, Jahre später, an den Tag zurückdenke, fällt es mir schwer, ihn in Worte zu fassen. Denn meine Gefühle sind heute ganz andere als damals. Aber ich will es versuchen. Nach diesem Tag war nichts mehr wie vorher.

Ein Mann in Zivil folgte mir in den Fahrstuhl, lotste mich an Frau Rose vorbei zu einem geparkten Auto direkt vor dem Gebäude, ließ mich hinten Platz nehmen und setzte sich neben mich. Wir fuhren zu einem Polizeibau in der Kreisstadt, den ich noch niemals beachtet hatte, und man führte mich in ein Zimmer mit Schreibtisch, zwei Stühlen und Mikrofon auf dem Tisch. An mehr kann ich mich echt nicht erinnern. Ich weiß nur noch, dass ich das Mobiliar armselig fand. Was dann folgte, war ein Albtraum. Man fragte mich minutiös nach meinen letzten drei Tagen aus. Was ich wann genau gemacht hätte. Wie man sich denken kann, war das nicht sehr viel gewesen. Die meiste Zeit hatte ich zu Hause verbracht. Nur freitags war ich oben bei der Burg gewesen. Dass Barbara dort aufgetaucht war, verschwieg ich natürlich. Ich hielt das auch nicht für wichtig. Was sich im Nachhinein als größter Fehler meines bis dahin gelebten Lebens herausstellen sollte. Ich saß Stunden in diesem Raum, wiederholte mich, bis mir schwummerig wurde und dann, ja dann, zeigte man mir das Foto von der Leiche der Frau aus dem See, die ich ja oben bei der Burg gesehen hatte. Was Henri bestätigt hatte. Ich wiederholte meine Aussage nochmals und nochmals. Und auch, dass ich diese Frau nur gesehen, aber nicht gekannt hatte.

Die Blicke, die die beiden Männer vor mir wechselten, ließen mir das Blut in den Adern gefrieren. Ich ahnte eine Gefahr, konnte sie aber nicht fassen. Ich war nicht sicher, ob durch meine Adern noch Blut floss. Es erinnerte mich eher an Eiswasser. Und was dann kam, war für mich ein derartiger Schock, dass mir tatsächlich schwarz vor Augen wurde.

Als ich wieder zu mir kam, lag ich in einem Raum auf einem Bett, ein Arzt stand neben mir und packte gerade etwas in seinen Arztkoffer. »Herr Wingenfelder, Sie sind ohnmächtig geworden. Ihr Kreislauf. Ich habe Ihnen etwas zur Kräftigung gespritzt. Keine Sorge, es wird gleich wieder.«

»Wo bin ich?«

»Im Untersuchungsgefängnis. In einer Zelle.«

»Was? Wieso?«

»Das kann ich Ihnen nicht sagen. Ich wurde nur informiert, als Sie ohnmächtig wurden. Ich hatte Bereitschaft. Ich verlasse Sie jetzt auch wieder. Setzen Sie sich bitte auf. Ich möchte noch einmal kurz Ihren Blutdruck kontrollieren.«

Dann saß ich alleine auf diesem Bett, starrte die Wand an und ließ Revue passieren, an was ich mich erinnern konnte, bevor ich vom Stuhl gerutscht war. Und an was ich mich erinnerte, ließ mich beinahe wieder in die Schwärze zurückfallen. Denn auf dem letzten Foto, das man mir unter die Nase gehalten hatte, war Barbara Heitmann gewesen. Ihre Leiche hatte man heute Morgen, also Montagmorgen, ich überlegte ganz kurz, ob noch immer Montag war, aus dem See gefischt.

Die nächsten Tage nahm ich wie durch einen Nebeldunst wahr. Ich wurde von allen Seiten fotografiert, man nahm mir die Fingerabdrücke ab, ich wurde sogar zur Ader gelassen, Verhör folgte auf Verhör und man hatte mir einen Pflichtanwalt besorgt, weil ich ja keinen kannte. Durch ihn erfuhr ich, dass man im Keller meines Hauses Barbaras Fingerabdrücke sichergestellt, Mülltüten und Klebeband gefunden und bei Frank einen blinkenden Frosch-Talisman abgegeben hatte, der vielleicht der vorigen Toten gehört hatte. Henri hatte zudem ausgesagt, dass Barbara mich am Freitag auf der Burg oben getroffen hatte. Ich war von einer Stunde zur anderen der Frauen-Serienmörder unserer Stadt geworden! Und ich hatte keine Ahnung, wie ich aus dieser Nummer wieder rauskommen sollte.

Ich gab nun zu, Barbara oben auf der Burg getroffen zu haben, konnte es aber einfach nicht über mich bringen, zu behaupten, dass sie hinter mir her gewesen war. So, wie ich aussah! Jeder würde denken, ich gebrauchte nur faule Ausreden, um mich herauszuwinden. Ich sah ihre Blicke mit verdrehten Augen geradezu bildlich vor mir. Eine Frau, die den verführen wollte? Der Kerl hatte sie ja nicht mehr alle. Und wie sollte ich erklären, dass sie mich erpresst hatte, weil ich Isabel Glantz in meinem Keller eingesperrt hatte? Da grub ich ja mein eigenes Todesurteil. Denn von Isabel sprach niemand. Sie erwähnten sie mit keinem Wort. Und ich würde doch keine schlafenden Hunde wecken. Bei diesen Gedanken durchfuhr es mich jedes Mal siedend heiß. Denn wenn Barbara Isabel versteckt hatte und Barbara nun tot war, würde Isabel nun nicht auch zur Polizei gehen und mich anzeigen? Warum hatte sie das noch nicht getan? Konnte sie etwas ihr Versteck nicht alleine verlassen? Wer kümmerte sich jetzt um sie, wenn Barbara doch tot war. Holger vielleicht? Hatte der seine Finger mit drin? Vorstellen konnte ich mir das.

Ich verschwieg Isabel, behauptete, Barbaras Fingerabdrücke in meinem Keller waren deshalb da, weil sie mal zu Besuch mit meinem Freund Holger zum Kaffee bei mir gewesen war und ein Glas eingemachte Pfirsiche heraufgeholt hatte, dass ich vor Barbara am Freitag die Burg verlassen hatte, weil sie sich noch mit Henri Langhans unterhalten hatte, und ich den Talisman tatsächlich im Wald gefunden hatte.

Ich hoffte, nein, ich betete, dass man den wirklichen Mörder dieser Frauen finden würde und ich von allen Verdächtigungen freigesprochen würde. Das ganz dicke Ende kam, als man mir sagte, auf meinem Steg am See sei ein rotes Samtband gefunden geworden. Ein schwerwiegendes Indiz. Denn diese Bänder trugen die nackten Frauenleichen um ihren Hals. Ich redete mich heraus, es sei wohl dort angespült worden, genau wie die Leichen auch irgendwann am Ufer gelandet waren.

17. Kapitel

Holger Heitmann sackte in seinem Bürostuhl zusammen, als Frank ihm vom Leichenfund seiner Barbara in salbungsvollen Tönen berichtete. Als Frank gegangen war, starrte er die gegenüberliegende Wand an, die ein Druck der Burg Loomkanden zierte. Holger ging in Gedanken dort oben spazieren, weil Frank erzählt hatte, dass Barbara dort oben am Freitagnachmittag zuletzt gesehen worden war. Mit Parcifal. Der ja gerade gesagt hatte, sie am Wochenende nicht getroffen zu haben. Holgers Wut auf Parcifal gewann die Oberhand. Dieser Kerl! War er ihm nicht schon immer suspekt gewesen? Diese glitschige Art, wenn man ihm die Hand reichte. Ein Wassermann. Nicht nur dem Horoskop nach. Der mit seinem Nackt-im-See-Baden. Bei jedem Wind und Wetter. Barbara hatte recht gehabt. Der Typ war ein Eremit und nicht zu durchschauen. Höchstwahrscheinlich ein Psychopath. Verschleppte die Frauen in seinen Keller, fesselte sie, verging sich an ihnen, brachte sie dann um und schmiss sie in den See. Höchstwahrscheinlich schwamm er gerade deshalb so gerne darin herum. Ergötzte sich bei dem Gedanken, seine Geliebten in die Arme von Neptun sinken zu lassen. Vermutlich machte er nachts ein Ritual daraus. Oh, Gott! Arme Barbara. Sie hatte es gewiss nur gut mit Parcifal gemeint und ihm aus purer Nächstenliebe etwas zu Essen gebracht. Weil ich ihn immer in Schutz genommen habe, dachte Holger verzweifelt. Immer hatte er einen wohltönenden Satz gefunden, wenn Barbara den Kerl kritisiert hatte. Und jetzt hatte dieses Monster sie getötet. Vorher hatte er sie bestimmt ...

Holger vergrub den Kopf in den Händen und schloss die Augen. Da wurde ihm schwindlig und er riss sie wieder auf. Er dachte an seinen ersten Kuss für Barbara im dunklen Kino, an Parties in früheren Jahren, wo sie beide noch so überschwänglich glücklich gewesen waren. Er erinnerte sich an Lagerfeuer am Strand, an ein winziges Zweimannzelt auf einer Luftmatratze, die immer die Luft verlor. Er erinnerte sich, wie sie ein überdimensionales tragbares Radiogerät durch die Gegend geschleppt hatte und von morgens bis abends ›Yellow Submarine‹ dudelte. Abends taten ihr der Nacken und der Arm weh und er hatte sie massiert. Sie hatten es nachts im Strandkorb getrieben, im Autokino und sogar auf dem Krankenbett, als ihr Blinddarm entfernt werden musste. Holger sah nun auch die letzten Jahre voller Streit, Alltagsstress und Genörgel. Wann war es zu dieser Gleichgültigkeit in ihrer beider Leben gekommen? Holger wusste es nicht. Als er merkte, dass er weinte, raffte er sich auf und suchte in seiner Aktentasche nach einem Taschentuch.

Und nun das! Ihre Leiche befand sich also in der Pathologie. Nackt auf einen kalten Metalltisch, aufgesägt, auseinandergenommen. Holger erinnerte sich an Krimis, in denen die Leichen fette grob vernähte Narben waagerecht und senkrecht über den Oberkörper hatten. Und wer wusste schon, wo noch. Mehr zeigten die einem ja nicht. Holger spürte, wie ihn das Grauen packte. Er wollte nach Hause. Doch schon durchfuhr ihn der nächste Schreck. Nach Hause. Barbara würde nie wieder dort sein. Nie wieder mit ihm schimpfen. Nie wieder neben ihm liegen. Nie wieder in ihrem geliebten Atelier vor sich hin summen. Er musste alle ihre Perücken entsorgen. Alle ihre Sachen …

Oh, Gott! Ein Leben existierte nicht mehr.

Und das alles wegen diesem widerlichen Parcifal. Den mach ich fertig, dachte Holger. Warum gab es in diesem Land nicht mehr den elektrischen Stuhl. Holger ergötzte sich in Gedanken an einen verkrampften, zuckenden Parcifal, der sich vor Angst in die Hosen schiss.

Auf dem Weg nach Hause überlegte er, ob es sinnvoll sei, der Polizei von Isabel zu berichten. Aber von der hatte man ja noch keine Leiche gefunden. Wo Parcifal die wohl entsorgt hatte? Na, jetzt würde er das wohl gestehen. Die Fachleute würden das schon aus ihm herausprügeln. Die konnten so was.

Bedauerlich nur, dass er selbst Isabel … Wenn ich das gestehe und aussage, werde ich mit Sicherheit genauso ans Kreuz genagelt wie Parcifal, dachte Holger. Nein, von der Frau durfte er nichts sagen. Und Parcifal konnte nichts darüber nichts aussagen, weil der ja gar nicht wusste, dass er diese Frau in der Nacht im Keller vergewaltigt hatte. Oder hatte sie geplaudert, als Parcifal sie weggeschafft hatte? Wenn das rauskam, war er selbst erledigt.

Zu Hause genehmigte er sich erst einmal einige Schnäpse. Saß im Wohnzimmer im Sessel und starrte vor sich hin. Wagte nicht, sich zu rühren. Hörte Barbara in der Küche hantieren, hörte sie über einen vollen Mülleimer lamentieren, hörte oben ihre Schritte, hörte sie vor sich hin brabbeln. Ihr Geist schien sich aus diesem Haus noch nicht entfernt zu haben. Irgendwann schlief er ein.

Früh am nächsten Morgen weckte ihn das Geräusch der Haustürklingel. Holger schlurfte zur Tür. Frank und einige seiner Kollegen begehrten Einlass, um das Haus nach allem Möglichen durchsuchen zu dürfen, was vielleicht zur Aufklärung des Mordes von Bedeutung sein könne. Als Holger über ihre Schultern blickte, entdeckte er einige Leute mit Kameras und Mikrofonen am Gartenzaun stehen, die ihm zuriefen, ob er etwas zu dieser fürchterlichen Mordserie sagen wolle. Frank schubste ihn in den Hausflur und schloss die Haustür.

»Reporter. Sag bloß nichts. Die drehen dir aus allem einen Strick.«

Holger starrte die Leute an, nickte konsterniert, weil er nicht wusste, was hier im Haus gefunden werden konnte, um zur Aufklärung am Mord an Barbara beizutragen, und setzte sich in die Küche. Er hörte die Leute im Haus herumwurschteln. Irgendwie war ihm einfach alles egal. Er blickte auf, als Frank in die Küche trat und fragte, ob er Kaffee kochen solle. Holger nickte fast dankbar. Kaffee war genau das, was er in diesem

Moment gebrauchen konnte. Frank suchte in den Schränken das Nötige zusammen und bediente die Kaffeemaschine. Dann setzte er sich zu ihm.

»Holger, du musst dich jetzt zusammen reißen. Ich weiß, dass jetzt schlimme Stunden und Tage vor dir liegen. Du bekommst Bescheid, wenn Barbaras Leiche freigegeben wird. Dann kannst du sie in Würde beerdigen.«

»Parcifal, dieser Scheißkerl.«

»Da ist noch nichts erwiesen. Da gibt es lediglich Indizien.«

»Machen wir uns doch nichts vor. Er war es. Da brauchen wir doch nicht drumrumreden. Du hast doch auch mitgekriegt, wie er auf unserem Klassentreffen in sie reingekrochen ist.«

Frank zuckte mit den Achseln. »Ich darf jetzt keine Informationen mehr rausgeben. Auch nicht an dich. Mach jetzt bloß keinen Scheiß.«

»Wir sind Freunde, Frank.«

»Und aus diesem Grund schon mal gar nicht.«

»Er hat mir noch gestern Morgen ohne mit der Wimper zu zucken gesagt, dass er sie nicht getroffen hat. Weil ich doch ein komisches Gefühl hatte, als sie anrief und sagte, sie würde übers Wochenende bei einer Freundin bleiben. Und da waren so klatschende Wassergeräusche, verstehst du, dass ich dachte, sie wäre am See.«

»Und da hast du vermutet, sie wäre bei Parcifal.«

Holger nickte stöhnend.

»Es wird sich alles aufklären. Die Soko arbeitet auf Hochtouren.«

»Hatte … ähm … hatte Barbara auch so ein Halsband um mit einem Parfümfläschchen wie die beiden anderen?«

Frank nickte.

»Mannomannomann. Dann war es also derselbe wie bei den anderen. Also hat Parcifal sie alle umgebracht. Ich fasse es nicht. Und mit so einem habe ich jahrelang zusammen gearbeitet.« Holger wischte sich mit dem Strickjackenärmel über die Augen.

Er tat Frank leid. »Im Vertrauen, Holger. Aber wirklich nur, weil wir Freunde sind. Man hat in Parcifals Keller Fingerabdrücke von Barbara gefunden.«

Holger fuhr hoch. »Was? Ich sag's dir doch die ganze Zeit. Er war's.«

»Da kommt gleich jemand, der wird deine Fingerabdrücke auch noch nehmen.« Und als Holger ihn entsetzt ansah, schob er nach: »Das ist Routine, Holger. Die, die übrig bleiben, sind dann vom Mörder, verstehst du? Deine kann man dann ausschließen. So arbeiten die nun mal. Nur als absolute Erklärung für Laien. Und weil wir Freunde sind.«

Frank zwinkerte aufmunternd und Holger nickte ergeben. »Verstehe. Ja, klar.«

»Weißt du, was noch komisch ist, Holger? Man hat ja Barbaras Auto unten auf dem Parkplatz zur Burg gefunden. Und das Auto war vollgestopft mit Lebensmitteln und Kochtöpfen voll mit gekochtem Essen. Wem wollte sie das denn bringen?«

»Oh, sie hat Parcifal Wingenfelder doch schon mal Essen gebracht.«

»Ach, echt? Okay.«

Frank erhob sich, klopfte Holger tröstend auf die Schulter und ging hinaus.

Erst am frühen Nachmittag verließ die Mannschaft das Haus. Holger schlurfte durch die Räume, ohne etwas zu sehen. Beinahe wunderte er sich, dass er die Türen fand und nicht gegen die Wände lief. Er konnte mit sich nichts, aber auch gar nichts anfangen. Er wetterte gegen Parcifal und die Welt im Allgemeinen, griff nach einer Flasche Gin und betrank sich. Er hatte das Gefühl, es nur noch im Suff ohne Barbara auszuhalten.

18. Kapitel

Wie immer montags hatte Henri seinen freien Tag. Er liebte diesen Tag, denn so konnte er es sich in seiner Werkstatt gemütlich machen und die Dinge kreieren, die ihm so viel Freude machten. Da keiner wusste, dass es diesen Raum überhaupt gab und niemand ihn je entdecken würde, fühlte Henri sich hier absolut sicher. Seine Stirn krauste sich, als seine Nase einen Duft wahrnahm, der einem Rucksack in der Ecke entströmte. Denn diesen Geruch hasste Henri. So sehr, dass er nur noch einen Gedanken hatte, wenn er ihn roch: Vernichtung. Er spürte, dass seine Finger zu zittern anfingen. So konnte er nicht arbeiten. Henri ergriff den Rucksack mit spitzen Fingern und verließ seine sichere Behausung. Er umrundete die Burg und schlug den Weg ein, der sich kaum sichtbar ein Stück am Burggraben entlang schlängelte und dann nach links führte, wobei dort der Abgrund gähnte und sich rechts Felswände erhoben. Diesen Weg, den kaum jemand beschritt. Ganz oben angekommen, atmete er erleichtert ein. Er entnahm seiner Jackentasche eine kleine Flasche mit Grillanzünder, leerte sie über dem Rucksack aus und zündete es an. Jetzt war dieser Geruch endgültig nicht mehr in seiner Nase.

Ein Geruch, den er schon an seiner Frau so gehasst hatte. Von dem sie allerdings vermutet hatte, ihn in ihr Bett ziehen zu können. Wenn er nach Hause gekommen war, alle die ihm aufgetragenen Arbeiten erledigt hatte, die sie ihm, kaum dass er einen Fuß in die Tür gesetzt hatte, aufgezählt hatte, wollte sie Sex. Und er wollte schlafen. Während er die Arbeiten erledigte, machte sie sich ›erotisch‹, wie sie es nannte. Alle zwei Tage dieses Prozedere. Er hatte seine Aufgaben so lange hinausgezögert, bis sie keifend nach ihm rief. Er kannte diesen Ton und wusste, nun war es an der Zeit. Sie konnte ihm Ohrfeigen verpassen, da flog ihm der Schädel weg. Schon der Geruch im Flur wies ihm den Weg ins Schlafzimmer. Er kam sich vor wie ein Fährtenhund. Und wenn er sich dann bis ans Bett geschnüffelt hatte, hatte der Geruch ihm alle Sinne geraubt. Seine

119

Würgegeräusche, wenn er sie küssen musste, hatte sie als erotisches Raunen gewertet. Henri schüttelte sich. Das alles war ein für allemal vorbei.

Er machte sich langsam an den Abstieg. Als er das Plateau bei der Burg erreichte, sah er die zwei Ermittler vom letzten Mal auf und ab gehen.

»Ah, da sind Sie ja«, wurde er begrüßt. »Wir haben auf Sie gewartet.«

»Ich habe mir die Beine vertreten. Heute ist hier geschlossen.«

»Ja, das haben wir auch schon mitbekommen. Wir haben noch ein paar Fragen.«

»Bitte.«

»Zwei Schachspieler haben uns erzählt, dass Sie sich letzten Freitag mit Barbara Heitmann längere Zeit unterhalten haben. Worum ging es da?«

»Wer ist Barbara Heitmann? Ich habe mit einer Dame über das Schachspiel geplaudert. Ich weiß aber nicht, wer sie war. Sie erzählte mir, dass ihr Mann auch Schach spielt. Mit seinem Arbeitskollegen. Das war eigentlich alles.«

»Dann haben Sie sie wohl als Letzter lebendig gesehen.«

»Wieso?«

»Wir haben ihre Leiche gestern aus dem See gefischt.«

»Ohh! Ach, Gott. Ich glaube, sie ging mit Parcifal Wingenfelder fort.«

»Die beiden Schachspieler sagen aber, Parcifal Wingenfelder hätte sich von Ihnen und Frau Heitmann verabschiedet und wäre allein gegangen.«

»Oh, doch ja. Ich erinnere mich. Aber sie verabschiedete sich auch sehr schnell. Ich dachte, sie wolle mit ihm zusammen nach unten gehen. Frauen gehen nicht gerne so alleine durch den Wald.«

»Hm. Die beiden Herren meinten, Sie hätten mindestens noch eine halbe Stunde mit Frau Heitmann geplaudert. Und das überaus anregend.«

»Kam mir gar nicht so lange vor. Aber mag sein.«

»Sagt Ihnen ein blinkender Froschanhänger irgendetwas?«

»Hä? Nein.«

»Okay. Kann sein, dass wir noch mal wiederkommen, weil wir Fragen haben. Schönen freien Tag Ihnen, Herr Langhans.«

Henri sah den Männern nach, die nicht den normalen Weg den Berg hinuntergingen, sondern sich auf den Weg begaben, den er gerade heruntergekommen war. Die machen ohnehin auf halbem Weg kehrt, dachte Henri. Ganz nach oben trauen die sich eh nicht.

Dennoch setzte er sich in sein Kassenhäuschen und wartete. In seinen geheimen Raum wollte er nicht gehen, solange diese beiden Männer nicht wieder auf dem Weg nach unten ins Dorf waren.

Nach einer halben Stunde packte ihn die Nervosität. Denn die Männer waren nicht wieder aufgetaucht. Was trieben die denn da so lange?

Und dann packte ihn doch der Schreck, als weitere vier Männer mit Koffern schnurstracks von unten heraufkamen, das Plateau überquerten und sich ebenfalls den Steilhang hinauf begaben.

Henri fing an, an seinen Fingernägeln herum zu kauen.

Erst am späten Nachmittag kamen alle wieder herunter. Henri blieb eisern in seinem Kassenhäuschen sitzen, als die zwei Männer, die ihm heute Morgen Fragen gestellt hatten, auf ihn zutraten.

»Herr Langhans, Sie müssen mit uns in die Stadt kommen. Wir haben einige Fragen, die wir hier nicht so zwischen Tür und Angel stellen können. Schließen Sie hier bitte alles ab und kommen Sie.«

»Ja, gut, wenn es nicht anders geht.«

Henri verschloss sein Kassenhäuschen und folgte den Männern den Berg hinab. Er konnte sich beim besten Willen nicht erklären, was man von ihm wollte. Ganz kurz schoss ihm durch den Kopf, dass man vielleicht den verbrannten Haufen oben gefunden hatte. Nun, er wusste davon nichts.

19. Kapitel

Einige Tage später suchte mich erneut mein Pflichtanwalt auf. Ich hatte mich allmählich für Thomas Lederer erwärmt, der sich alle Mühe gab, alles, was mir zur Last gelegt wurde, zu entkräften. Auch heute trug er Hemd mit Fliege, seine Lederweste und einen Hut auf dem Kopf, der immer ein wenig schief hing. Er wirkte besorgt, was mir sofort auffiel. Sein linkes Auge zuckte noch mehr als sonst, als er mich ansah.

»Herr Wingenfelder. Es gibt eine neue Situation. Im Hause von Barbara Heitmann hat man Unmengen von Perücken sichergestellt. Und die Haare einer Perücke wurden auch bei Ihnen im Keller auf einem Bett gefunden. Sie war also bei Ihnen?«

»Ich hatte doch schon gesagt, dass sie mal bei mir im Keller eingemachte …«

»Diese Perücke hat sie erst vor Kurzem fertiggestellt. Sie trug sie erstmalig auf dem Klassentreffen vor zwei Wochen. Das hat ihr Mann ausgesagt. Sie muss also danach bei Ihnen im Keller im Bett gelegen haben.«

»Sie hat nicht bei mir im Keller im Bett gelegen.«

»Wie kommen dann die Haare dahin?«

Mein Gehirn raste. Die Haare in meinem Keller waren die von Isabel. Und Barbara hatte aus diesen Haaren eine Perücke kreiert. Hatte sie mir ja selbst erzählt. In mir sackte alles zusammen. Sollte ich jetzt behaupten, Barbara sei doch bei mir im Keller gewesen für ein Schäferstündchen oder die Sicherstellung von Isabel gestehen? Ich überlegte krampfhaft, was mir teurer zu stehen kommen würde. Barbara im Kellerbett war eigentlich nicht so schlimm. Doch, schrie mein Gehirn. Weil sie tot ist. Und genau deswegen sitzt du hier.

Du hast verloren, gestand ich mir ein. Und dann gestand ich die Sache mit Isabel. Ich schämte mich entsetzlich. Ich konnte kaum ein paar zusammenhängende Sätze zustande bringen. Thomas Lederer zeigte keine Regung, die ich eigentlich erwartete, und so erzählte ich auch, dass Barbara Heitmann mich erpresst hatte. Und dass Barbara Isabel aus meinem Keller herausgeholt hatte. Das Schweigen von Thomas Lederer erschien mir unheilvoll. Ich saß da, starrte auf die Tischplatte und atmete, das war aber auch alles. Irgendwie kam ich mir vor wie lebendig begraben. Gedanklich suchte ich verzweifelt ein Licht- oder Luftloch und fand es einfach nicht.

»Herr Wingenfelder, wo ist Isabel Glantz?«, fragte Thomas Lederer endlich. Ich sah auf. Seine Stimme klang so in etwa, als wenn man im Kindergarten die Kinder ganz streng ansieht und fragt:«Wer von euch war das?«

»Ich weiß es nicht.«

»Ach, Herr Wingenfelder!«

»Ich weiß es wirklich nicht. Und – ich habe sie nicht umgebracht, falls Sie das gerade denken. Sie hören sich jedenfalls so an.«

»Aha. Nun gut. Wir müssen herausfinden, wo sie ist. Das alles hätten Sie schon längst sagen müssen.«

»Ich konnte nicht. Es war mir unmöglich. Man wird mir jetzt zusätzlich noch unterstellen, ich hätte sie mir als Sexsklavin im Keller gehalten oder was weiß ich«, flüsterte ich. Ich weiß noch, dass mir sehr übel war. Und ich bekam Schluckauf. Ich hickste lauthals und konnte mich nicht dagegen wehren.

»Sind Sie eigentlich Freitag, als sie sich von Barbara und Henri verabschiedet haben, gleich nach Hause gegangen? Hat Sie jemand gesehen?«

»Ich bin schnurstracks nach Hause. Ich habe niemanden getroffen. Erst wollte ich noch ins Dorf, weil ich mir eine Zeitung kaufen wollte, aber dann bin ich lieber nach Hause. Ich war ja krankgeschrieben und wollte nicht, dass mich jemand sieht.«

»Okay. Ich werde Ihre Aussage jetzt den Beamten mitteilen. Ich melde mich wieder. Sie wissen selbst, dass es für Sie nicht gerade rosig aussieht, nicht wahr?«

Allein geblieben ließ ich die ganze Geschichte wieder und wieder durch meinen Kopf laufen. Aber dieses Zermartern bewirkte nur, dass ich immer verzweifelter wurde. Ich saß in dieser schrecklichen Zelle unter Mordverdacht. Ich dachte plötzlich, dass ich im Sommer nie wieder in meinem geliebten See schwimmen und nicht im Wald spazieren gehen würde. Mein Blockhaus fiele gewiss im Laufe von langen Jahren zusammen, in denen sich niemand kümmerte, ich sah es schon vor mir und heulte wie ein kleines Kind los, das sich die Knie aufgeschürft hatte. Und ich wünschte mir, meine Mutter würde draufpusten und alles wäre wieder gut. Ich weiß, für einen Mann in meinem Alter war das wirklich kindisch. Ich konnte dem aber keinen Einhalt gebieten.

Zwei Tage später, so informierte mich Thomas Lederer, hatte auch Holger Heitmann erkannt, dass man niemandem ein X für ein U vormachen konnte. Er wurde ins Präsidium beordert und damit konfrontiert, dass man in meinem Keller seine Fingerabdrücke am Bett entdeckt hatte, und nicht nur das, man hatte eindeutig seine DNA auf dem Bettlaken gefunden. Die Spurensucher hatten Mengen gefunden, nicht nur ein Tröpfchen.

Holger brach zusammen, gestand, Isabel vergewaltigt zu haben, als er sie dort gefesselt vorgefunden hatte. Da er angenommen hatte, dass ich sie als meine persönliche Gespielin dort hielt, war es über ihn gekommen. Aber auch er wusste nicht, wo Isabel war. Denn am übernächsten Abend hatte er sie nicht mehr vorgefunden. Er vermutete, dass sie mir von der Vergewaltigung erzählte und ich sie daraufhin woandershin geschafft hatte. Gegen ihn wurde Haftbefehl erlassen.

Dass aus einer harmlosen, hilfsbereiten Geste von mir, eine Kollegin in die Stadt mitzunehmen, weil es regnete, eine solche entsetzliche Geschichte entstanden war, ging beinahe über meinen Horizont. Aber mit jeder Merkwürdigkeit, die in dieser Story in Erscheinung trat, hatte ich die Hoffnung, vielleicht davonzukommen. Sie hielt mich in diesen düsteren Tagen aufrecht. Ohne diese Zuversicht hätte ich mich erhängt, wenn es irgendwie möglich gewesen wäre.

Und – man fand Isabel nicht. Sie war weder an ihrem Urlaubsort noch bei ihren Freunden gesehen worden. Ebenso wenig war sie zur Arbeit erschienen. Jedermann nahm an, man würde sie irgendwann als Leiche aus dem See fischen. Aktuell war ich der Hauptverdächtige. Jetzt, wo ich sie auch noch in meinem Keller ans Bett gefesselt hatte.

Ich blieb weiter in Untersuchungshaft. Ich galt als Mörder und beinahe glaubte ich schon selbst daran.

20. Kapitel

Nach seinem kurzen Verhör bei der Polizei, bei dem er sich wirklich dumm gestellt hatte, und bei dem nichts herausgekommen war, traute Henri sich erst am dritten Tag wieder in sein Heiligtum. Ein Grund war seine Angst vor Bespitzelung durch die Polizei, ein weiterer Grund der Touristenansturm auf die Burg. Die Medien hatten dafür gesorgt, dass Loomkanden das Reiseziel der Saison wurde. Die Schaulustigen bevölkerten das Dorf, trampelten um den See herum, buchten Zimmer bis in die nächste Kreisstadt und hätten Parcifal Wingenfelders Haus und Steg womöglich dem Erdboden gleichgemacht, wenn die Polizei dort nicht alle Zuwege, sogar von der Seeseite her, abgesperrt hätte. Es war kaum zum Aushalten. Jeder Bewohner verfluchte mittlerweile Parcifal Wingenfelder, der ihnen diesen Trubel eingebrockt hatte. Mit der idyllischen Ruhe war es vorbei.

Henri öffnete eine Schublade seiner Kommode und betrachtete die filigranen winzigen Fläschchen mit dem silbernen Verschluss. Kleine Kunstwerke, gezaubert von seinen Händen. Zärtlich fuhr er über die Gegenstände. Seine Kreationen. Kunst, die seine Ehefrau diesen plumpen Elektrikerhänden, wie sie es zu Lebzeiten ausdrückte, niemals zugetraut hatte. Und als er sie von sich überzeugt hatte und sich Erfolge einstellten, war es zu spät gewesen. Sie hatte ihn ausgenutzt, ihn nur zusammengestaucht, ihn für sich arbeiten lassen und Anerkennung und Lob für sich eingeheimst. Bis er es nicht mehr ertragen konnte. Seitdem füllte er ihr stinkendes Parfüm in diese Fläschchen. Versiegelte die Verschlusskappen, befestigte die Kleinode an einem roten Samtband und hängte sie den Frauen um den Hals, die ihn an seine Ehefrau erinnerten.

Die Frauen, die das Parfüm ›Drapée‹ benutzten, waren alle von der gleichen Sorte, wie Henri fand. Aufgetakelte Fregatten, geschminkt bis zur Unkenntlichkeit, gierig auf Sex. Und in dem aberwitzigen Glauben, dass das Parfüm, mit dem sie sich förmlich übergossen, ablenken würde vom Alter, von Falten, von schrumpeligen Lippen, geäderten Händen und Waden. Dieser Duft würde sie in begehrlichem Licht erscheinen lassen. Trickreicher Versuch, auf den Henri und andere hereinfallen sollten. Frauen, die sich in dem illusionären Irrglauben befanden, dass ein Duft Männer locken könnte. Frauen wie Petra, Monika, Carina, Elisabeth, Helen, Antonia und Barbara. Frauen wie seine eigene Mutter. Henri spuckte aus. Auch sie hatte gedacht, einen Mann für sich und einen Vater für ihren kleinen Henri mit Sexspielchen klarmachen zu können. Henri hatte irgendwann aufgehört, die nächtlichen Besucher zu zählen. Manche waren zum Frühstücken geblieben und ihm mit ihren Fingern durch die Haare gefahren. Henri hatte sie abgewehrt und sich sofort den Zorn seiner Mutter zugezogen.

»Komm erst dann wieder aus deinem Zimmer heraus, wenn du gelernt hast, dich zu benehmen.«

»Ich brauche das nicht zu lernen, Mama. Weil sie morgen sowieso nicht mehr hier sind.«

Und sie waren nicht wieder gekommen. Wer war schuld daran? Er, Henri. Jedenfalls der Meinung seiner Mutter nach.

Als er älter wurde und manchmal sehr spät von einer Tour durch die Gemeinde mit seinen Freunden nach Hause kam, konnte er schon am Geruch im Flur erkennen, ob Besuch da war oder nicht. Die ganze Wohnung roch nach Drapée. Henri riss in eisigsten Wintern sein Fenster auf. Er wäre lieber erfroren, als diesen Geruch die ganze Nacht einzuatmen. Er ging morgens nicht mehr zum Frühstück hinunter. So brauchte er sich auch nicht mehr zu benehmen. Die Männer kamen trotzdem nicht wieder.

Alle diese Frauen, alle die gleiche Masche, der gleiche Duft. Massenware aus dem Kaufhaus. Nun, sie alle waren mit ihrem wahnsinnigen Duft schlafen gegangen. Seiner Mutter hatte er eine ganze Flasche in den Sarg gekippt. Das billige Holz verströmte den Geruch durch die Kirche und füllte sie bis in den hintersten Winkel. Henri hatte das als eine Art letzter Beichte seiner Mutter betrachtet. Als die ersten Erdschollen auf den Sarg fielen, hatte Henri gedacht, diesen Geruch nun für immer aus seinem Leben getilgt zu haben. Was für ein fataler Irrtum.

Denn die Duft-Odyssee ging weiter. Sogar seine eigene Ehefrau verfiel dem Parfüm. Als sie das erste Mal damit ankam, hatte er die Flasche entsorgt. Es war ein Dominanzspiel daraus geworden. Sie kaufte ›Drapée‹ und begoss sich damit. Er entsorgte es. Immer wieder und immer wieder. Bis er es ihr eines Tages mit einem Trichter literweise eingeflößt hatte. Das überlebte sie nicht. Danach war sie beim Fensterputzen aus dem fünften Stock in die Tiefe gefallen. Genickbruch. Es wurde nie bewiesen, dass er sie gestoßen hatte. Wie auch. Er war bei einer Nachbarin gewesen. Dort hatte man ihn quasi in flagranti aus dem Bett geklingelt. Die Gute war so glücklich über sein Kommen gewesen, dass sie nicht in der Lage gewesen war, den Zeitraum seines Besuchs zeitlich zu definieren. Letztendlich ging man davon aus, dass seine Frau sich aus diesem Grunde selbst umgebracht hatte, weil sie von ihm und der Nachbarin Wind bekommen hatte.

Henri wandte sich seiner Tätigkeit zu. Ganz zärtlich fertigten seine Finger nun ein neues Fläschchen an. Denn er ertrug es nicht, wenn in seinen Fächern eines fehlte. Das Fehlende hatte ja nun diese Barbara bekommen. Henri bekam Gänsehaut, wenn er an ihre plumpe Anmache am vorletzten Freitag dachte. Kein Wunder, dass Parcifal Wingenfelder sich verkrümelt hatte. Die Frau war ja die reinste Fratzen-Zumutung. Gott, und dann diese penetrante Duftwolke um sie herum. Natürlich war sie total auf ihn abgefahren. Sie war der Meinung gewesen, ihren Sieg über ihn in der Tasche zu haben. Henri pfiff leise vor sich hin. Der Meinung waren sie immer alle. Er wusste, wie er mit ihnen umzugehen hatte. Ein paar Komplimente an richtiger Stelle und die Frauen waren hin und weg. Als er an Barbara dachte, fiel ihm ein, dass die Polizei unten auf dem

Parkplatz ihr rotes Auto gefunden hatte. Das Rot beschäftigte ihn sofort. Denn immer wieder dachte er an diesen roten Punkt, der auf das Militärgelände gefahren war. Was, wenn das diese Barbara gewesen war und was hatte sie dort gewollt? Morgen, dachte, Henri, morgen ist Montag, da habe ich frei. Ich werde morgen einen Spaziergang machen.

Der nächste Tag begann mit strahlendem Sonnenschein. Henri verschloss sorgfältig alle Türen, hängte das Schild ›Montag Ruhetag‹ auf und begann linker Hand einen Abstieg durch einen Tannenwald, der kaum begangen wurde. Die Touristen benutzten den weiter rechts befestigten Aufstieg zur Burg ebenso wie die Einheimischen. Henri jedoch bevorzugte diesen. Immer. Denn nach zwei Kilometern kam man an einer alten Jagdhütte vorbei, die Henri sich in seiner Freizeit ein wenig zurechtgemacht hatte. Hierher verirrte sich niemand. Das Dach war nun regensicher und Tür und Fenster hatten Schlösser. Hierher hatte er Barbara entführt, Antonia und … und …

Heute ging er daran vorbei. Als er beim alten Militärgelände vor dem Zaun stand, bemerkte er, dass das Schloss mit der starken Gliederkette benutzt worden war. Keine Anzeichen von Wind- und Wettergammel. Henri zog eine stabile Zange aus dem Rucksack und knackte die Kette. Dann schlüpfe er durch und orientierte sich. Sein Ziel war ein Bunker, von dem er dachte, dass hier das rote Auto geparkt hatte. Er freute sich wie ein kleines Kind, als er sah, dass hier der Wildwuchs an allen Seiten niedergetrampelt war. Hier war jemand gewesen. Das Schloss der Gittereingangstür war relativ einfach zu öffnen. Keine komplizierten Sicherheitsmaßnahmen. Warum auch. Hier war ja nichts mehr zu finden. Auch die zweite Tür war für Henri kein Problem. Dann lauschte er. Ein langer Gang lag vor ihm. Rechts und links zweigten Türen ab. Eine wohl ehemals administrative Kommandozentrale, dachte Henri. Er besah sich die Türen genau. Dicke Staubschichten lagen auf den senkrechten Hebeln. Ganz hinten umfing ihn Aufregung, denn diese Tür war sauber. Kein

Staub. Vor Kurzem benutzt. Henris Spannung stieg. Er probierte einige Dietriche, dann gab die Tür nach. Und Henri hielt sich die Nase zu. Denn hier roch es. Nach menschlichen Ausdünstungen. Henri griff nach seiner Taschenlampe und ließ den kräftigen Lichtkegel durch den Raum tanzen. Ganz hoch oben gab es zwei winzige Luftschächte, die nur spärliches Tageslicht hereinließen. Aber immerhin war es nicht dunkel wie in einem Grab. Als Henris Blick in einer Ecke auf eine Gestalt traf, die dort regungslos auf einer Decke lag, fiel ihm kurz die Lampe aus der Hand. So schnell hatte er sich noch nie gebückt, um sie wieder an sich zu nehmen. Langsam ging er auf das Wesen zu. Henri tippte sie mit der Schuhspitze an. Es war eindeutig eine Frau. Dann bückte er sich. Eine übel riechende Landstreicherin offenbar. Schmutzig, ausgelaugt, aber nicht tot, wie Henri bemerkte, denn er spürte Atem.

Henri wagte ein »Hallo?«

Nichts.

Er bemerkte Wasserflaschen, verschimmelte Lebensmittel, einen Windelhaufen und fragte sich entsetzt, war hier vor sich gegangen war. Eine Gefangene? Er griff nach einer der Wasserflaschen auf dem Boden und versuchte, dem Wesen Wasser einzuflößen. Das dauerte etwas, denn der Mund war fest verschlossen. Henri stopfte ihr die Wasserflasche zwischen die Lippen und goss drauflos. Das meiste ging vorbei. Dann hustete das Mädchen, schluckte, hustete. Henri hörte nicht auf und ließ sie husten und schlucken und goss fast die ganze Flasche in sie hinein. Dann öffnete sie die Augen. Henri umfasste sie, setzte sie auf und lehnte sie gegen die Wand. Fast sofort sackte sie wieder in sich zusammen. Er griff in seinen Rucksack und holte eine Tüte mit Gummibärchen hervor. Die schleppte er immer mit sich herum. Er schob ihr zwei Stück in den Mund. Und nach einer Weile weitere drei. Zwischendurch ließ er sie Wasser trinken.

Als ihr Blick ein wenig klarer wurde und sie ihn ansah, fragte er: »Wer sind Sie? Was machen Sie hier?«

Das Mädchen schien erst jetzt etwas zu begreifen, starrte ihn an und rückte von ihm fort.

»Verstehen Sie mich? Können Sie sprechen? Ich bin Henri Langhans. Ich habe Sie hier gefunden. Ich beobachte Fledermäuse, die hier in den Bunkeranlagen gerne hausen. Wer sind Sie? Und wie kommen Sie hierher?«

Das Mädchen probierte ihre Stimme. »Ich bin Isabel Glantz. Man hat mich hierher geschleppt. Eine Frau. Barbara Heitmann. Sie ist seit Tagen nicht hier gewesen. Ich dachte, ich sterbe hier«, krächzte sie, kaum verständlich. Das Mädchen fing an zu weinen, schluchzte. Henri ließ sie in Ruhe und reichte ihr eine weitere Wasserflasche, die sie zitternd an die Lippen setzte.

»Warum hat eine Frau Heitmann Sie hier eingesperrt?«

»Sie hat gesehen, wie ich bei jemandem im Keller gefesselt im Bett lag. Aber das war ein Missverständnis. Der Mann hat mir nichts getan. Sie hat mich dort rausgeholt, mir die Haare abgeschnitten, um mich zu verändern und mich hier versteckt. Sie wollte mich außer Landes schaffen, weil ihr Mann und ... Herr Wingenfelder mich suchen, und sie meinte, die würden mich umbringen, wenn sie mich fänden. Ihr Mann ... ihr Mann hat mich ... hat mich ... Ich glaube, sie wollte mich hier verrecken lassen. Gott, bin ich froh, dass Sie mich gefunden haben!« Die junge Frau schluchzte erneut auf, aber es klang erleichtert.

Henri hatte Mühe, sie zu verstehen. Sein Gehirn raste. Die Situation wuchs ihm über den Kopf. Diese Frau konnte er ganz und gar nicht gebrauchen. Er wandte sich um.

»Ich ... ich werde mich da draußen mal umhören. Wenn Sie weiterhin in Gefahr sind, können Sie hier nicht raus. Ich komme wieder und bringe

Ihnen Lebensmittel mit. Wir müssen ergründen, ob die Luft da draußen für Sie sauber ist.«

»Oh, nein. Bitte lassen Sie mich nicht hier. Sie müssen die Polizei anrufen. Nehmen Sie mich mit, bitte.«

Isabel versuchte, aufzustehen. Sackte aber sofort wieder kraftlos zusammen.

»Na, na. Alles wird gut«, stammelte Henri, wandte sich um und ging.

Er verschloss die Türen und machte sich auf den Anstieg zur Burg. Diese neue Situation musste er in aller Ruhe überdenken. Er konnte doch unmöglich die Polizei rufen. Wie sollte er erklären, in einem Bunker die Isabel gefunden zu haben. Zufällig. Idiotisch. Als er an der Jagdhütte vorbei kam, kam ihm kurz der Gedanke, das Mädchen hier einzuquartieren. Immerhin gab es hier einen Badezuber und eine mobile Toilette. Und einen Herd, mit Gasflaschen betrieben, gab es auch. Aber was, wenn sie von hier floh? Dann wäre er wieder da, wo er jetzt war. Denn wenn er eines nicht gebrauchen konnte, dann waren es Polizisten, die herumschnüffelten.

Als Henri aus dem Wald auf das Plateau treten wollte, sah er die bekannten Kriminalbeamten. Er wich sofort zurück. Duckte sich hinter die Tannen. Mit von der Partie war der Bürgermeister von Loomkanden, der gerade versuchte, das Burgtor zu öffnen und verschiedene Schlüssel ausprobierte. Henri verfolgte das Bemühen und erschrak, als sich das Tor öffnete. Natürlich hatten die in der Verwaltung Schlüssel. Wie hatte er sich nur einbilden können, hier als Einziger die Schlüsselgewalt zu haben. Offensichtlich hatte man den Bürgermeister aktiviert, weil hier niemand anzutreffen gewesen war. Was wollten die da drinnen? Was suchten die? Henri wartete geduldig. Er musste lange warten. Als die drei Männer herauskamen und das Tor wieder verschlossen hatten, blieben sie auf dem Plateau stehen und blickten sich um. Henri ging tiefer in Deckung. Er war sich sicher, dass sie ihn suchten. Endlich verschwanden sie auf dem Weg ins Dorf. Henri wartete noch eine gefühlte halbe Stunde, dann überquerte er die Freifläche, öffnete das Tor und verschloss es wieder. Sein Blick wanderte umher. Blieb am Kiosk hängen, am Kassenhäuschen, an der Gittertür, die zum ausgetrockneten Burggraben dahinter und zur Burg selbst führte. Er konnte nichts Außergewöhnliches entdecken. Dann wandte er sich der hinteren Tür zu, die zu seinen Räumen führte. Er spürte mehr, als dass er es realistisch einordnen konnte, dass sie da drin gewesen waren. Er trat in den kleinen Flur und verharrte. Sog die Luft ein, als würde sie ihm etwas erzählen. Seine Jacken hingen an den Haken, die Schuhe standen auf dem metallenen Schuhständer. Und dann bemerkte er den Schmutz auf dem gefliesten Boden. Henri bückte sich, schob mit seinen Fingern den Sand zusammen. Er war sich sicher, dass der Sand vorher nicht dagewesen war. Henri hob die Schuhe an, besah sich die Sohlen. Er sah sofort, dass man aus den tiefen Rillen seiner Geländestiefel den Schmutz herausgekratzt hatte. Da er selbst es nicht getan hatte und die Rillen teilweise sauber waren, mussten die Männer an seinen Schuhen gewesen sein. Henri erhob sich. Ging in die winzige Küche. Hier fiel ihm nichts auf. Aber das sollte nichts heißen. Diese Leute waren Profis. Im Wohnzimmer bemerkte er eine Unordnung seiner Teppichfransen. Da er sie täglich kämmte, wusste er, dass sie hier drin gewesen waren. Hatten vielleicht Fasern genommen. Nun denn, da würden sie nichts finden. Langsam ging er auf die vertäfelte Wand zu, in der die Tür zu seinem geheimen Raum so geschickt integriert war, dass niemand sie finden konnte. Er musterte die Vertiefungen der einzelnen Quader mit Röntgenblick. Und dann bemerkte er die Fingerabdrücke in der Politur. Er wachste diese Täfelung beinahe täglich mit einem weichen Tuch. Und jetzt erkannte er stumpfe Verschmierungen in der sonst glänzenden Oberfläche. Sie hatten hier rumgefummelt. Aber er wusste, dass sie sie nicht geöffnet hatten. Der Mechanismus befand sich nicht an dieser Wand. Henri lauschte in die Stille. Kein fremdes Geräusch drang an seine Ohren. Er ging zur gegenüberliegenden Wand und berührte den ausgestopften Marder, drehte ihn auf seinem Sockel. Fast geräuschlos öffnete sich die Tür in der

134

gegenüberliegenden Täfelung. Henri ging hinein und verschloss die Tür. Er atmete tief ein. Hier war er in Sicherheit. Hier fand ihn niemand. Er setzte sich in einen Korbstuhl und fing an zu denken.

21. Kapitel

Thomas Lederer suchte mich im Besprechungszimmer der Haftanstalt auf und teilte mir den Termin mit, an dem ich vor Gericht stehen sollte, um mein Urteil hinzunehmen, das ich als meine absolute Vernichtung ansah. Auch schon deshalb, weil ich keinen Zweifel hegte, dass ich nicht verurteilt werden würde. Denn mittlerweile nahm ich alles hin. Meine Kraft, mich gegen irgendetwas zu wehren, was man mir vorwarf, war dahin. Ich war soweit, mich selbst schuldig zu fühlen.

Als mir Thomas Lederer vor ein paar Tagen mitgeteilt hatte, dass man in meinem Haus so ein Parfümfläschchen gefunden hatte, wie die ermordeten Frauen aus dem See es um den Hals getragen hatten, war mit mir ohnehin nichts mehr los. Okay, vorher war mit mir auch nicht viel los gewesen. Ich war schon immer ein stiller Niemand, der am liebsten alleine für sich war. Ich brauchte lange, um mit jemandem warm zu werden. Mit Holger hatte ich in den ersten Tagen im Büro im Finanzamt kaum drei Worte gesprochen. Holger war die Quasselstrippe gewesen und eigentlich war ich ihm dankbar dafür, weil ich den lieben langen Tag lang schweigend vor mich hin gearbeitet hätte.

Doch der Fund eines Parfümfläschchens in meinem Haus hing in meinem Kopf fest und spukte dort trotz meiner Lethargie herum. Ich grübelte seit Tagen darüber nach, denn ich hatte es dort nicht versteckt.

Als Thomas Lederer nun vor mir saß und mit mir den Prozessbeginn und den Ablauf besprach, fiel ich ihm ins Wort: »Herr Lederer, was mir nicht eingeht. Man hat doch damals schon mein Haus auf den Kopf gestellt, nicht wahr? Als man die Perückenhaare von Isabel im Keller fand. Wieso findet man dieses Parfümfläschchen erst jetzt? Hätte man es nicht schon damals finden müssen? Ist das nicht eigenartig? Was, wenn der wirkliche Mörder nur von sich auf mich ablenken will und mir das Ding erst kürzlich untergejubelt hat?«

»Ihr Haus wurde versiegelt, Herr Wingenfelder. Und das Siegel wurde nicht aufgebrochen. Es kann niemand nachträglich das Fläschchen dort deponiert haben. Man hat es einfach damals übersehen. Es war auch gut versteckt.«

»Wo lag es denn?«

»In einem Hohlraum hinter der Vertäfelung im Flur.«

»Ach, da. Ja, da fehlt ein Backstein in der Mauer. Ich wollte das immer schon mal ausbessern.«

»Weiß irgendjemand davon?«

»Keine Ahnung. Ich habe ja nie ein Geheimnis draus gemacht.«

»Herr Wingenfelder! Ehrlich gesagt beschleichen mich auch allmählich Zweifel an Ihrer Unschuld. Dieses Fläschchen ist ein schwerwiegendes Indiz. Es war außerordentlich gut versteckt. Geben Sie doch einfach zu, dass Sie die Morde begangen haben.« Sein Blick ruhte beinahe väterlich auf mir.

Ich gebe zu, nun war ich wirklich erschrocken. »Herr Lederer, ich war es nicht. Und ich habe kein Parfümfläschchen versteckt. Habe nie eins besessen. Ich bin mit meinem Latein am Ende.«

»Dieses Parfüm, Drapée, haben Sie es jemals irgendwo gekauft?«

»Mir sagt noch nicht einmal der Name etwas.«

»Ein Massenartikel aus dem Kaufhaus, Herr Wingenfelder.«

»Ich bin seit Jahren in keinem Kaufhaus gewesen.«

»Man hat auch eine Flasche von dem Parfüm in Ihrem Keller gefunden. In einem Karton. Neben einem Fotoalbum, zwei Halstüchern, einer Krawatte, Manschettenknöpfen und drei alten Stofftieren.«

»In einem Karton? Oh! Das sind Erinnerungsstücke von meiner Mutter.«

»Dann benutzte Ihre Mutter dieses Parfüm?«

»Keine Ahnung. Scheint wohl so.«

»Sie bewahren das Parfüm Ihrer Mutter auf?«

»Ich? Nein. Meiner Mutter gehörte dieser Karton. Sie hat darin Erinnerungsstücke aufbewahrt. Von mir und meinem Vater. Er starb, als ich ganz klein war. Er liegt hunderte Kilometer entfernt begraben. Ich sende ihm mehrmals im Jahr einen Blumenstrauß. Über eine Floristin dort im Ort.«

»Okay. So kommen wir ja nicht weiter. Ich denke, wir warten den Prozess ab. Ich melde mich wieder.« Thomas Lederer erhob sich und irgendwie hatte ich das Gefühl, dass meine letzte Hoffnung den Raum verließ.

Innerhalb kürzester Zeit versank ich wieder in meine verzweifelte Lethargie. Ich wünschte mir irgendeinen Menschen an meine Seite, das erste Mal in meinem Leben, mit dem ich über all das hätte sprechen können. Aber diesen Menschen gab es nicht. Noch nie hatte ich mich so verloren gefühlt wie in diesen Tagen. Fast täglich sagte ich mir, wenn du hier wieder rauskommst, suchst du dir jemanden, mit dem du dein Leben teilen kannst. Sofort dachte ich an Isabel. Wie seltsam. Wieso an Isabel? Ich lag auf meiner Pritsche und malte mir aus, dass sie neben mir säße, meine Hand hielt, mir Trost spendete, mich aufbaute, mein Gemüt beruhigte. Gleichzeitig erschreckte mich diese Vorstellung, denn ich kannte sie ja kaum. Diese Gedanken zwischen Fantasie und Realität zermürbten mich noch mehr. Manchmal dachte ich, ich wäre nicht ganz dicht. Dann wieder überkam mich die Sehnsucht derartig, dass ich, ich gebe es zu, ein paar Tränen vergoss. Na gut, ich will ja nicht mehr lügen, ich heulte wie ein Schlosshund.

22. Kapitel

Als Frank Busch hörte, dass die Soko an den Schuhsohlen von Henri Langhans Stroh gefunden hatte, durchfuhr ihn ein Blitzgedanke. Sein Kommentar: »Im Wald um Loomkanden gibt es kein Stroh, noch nicht einmal Strohfelder. Das einzige Strohreservoir hier in der ganzen Gegend ist das Strohdach von Parcifal Wingenfelder«, hatte die Entscheidung zur Folge, noch einmal das Haus von Parcifal Wingenfelder unter die Lupe zu nehmen. Und da fand man zwar überraschend Strohspuren im Flur, dort, wo man auch das Loch hinter der Täfelung fand. Doch wurde auch das Parfümfläschchen gefunden. Das haute Frank nun ebenso aus den Schuhen wie die Soko. Da wollte Frank Parcifal mit seiner Bemerkung entlasten und nun wurde seine Belastung durch das Parfümfläschchen massiv erschwert. Frank war nahe dran, seine Menschenkenntnis, auf die er sich viel einbildete, in ein Loch zu schmeißen. Denn er konnte nicht recht glauben, dass Parcifal Frauen umbrachte. Marlene glaubte das auch nicht.

Beim gemeinsamen Abendbrot ließ sie sich hinreißen zu sagen: »Wer so eine Stimme hat wie Parcifal, der kann nicht lügen«.

»Hä? Wie meinst du das, Marlene?«

Marlene lächelte ein wenig geheimnisvoll, sagte aber dann diplomatisch: »Du meine Güte, Frank. Das sieht doch alles nach einem abgekarteten Spiel aus. Erst findet ihr nichts und nun findet ihr alles. Da will ihm doch jemand was in die Schuhe schieben. Parcifal und ein Mörder! Da hätte er ja schon seit Jahren morden können. Wieso erst jetzt? Der Mann ist viel zu sanft und anständig.«

»Aber unser Siegel war nicht aufgebrochen, Marlene.«

»Na, wenn da Stroh im Flur war, kann er ja nur übers Dach gekommen sein, oder?«

»Übers Dach? Du meinst durch den Schornstein? Wie der Weihnachtsmann?«

»Parcifal hat doch einen riesigen Schornstein und einen riesigen Kamin. Den größten hier in der Gegend. Kann doch sein, dass da jemand Weihnachtsmann gespielt hat und ihm Geschenke gebracht hat, oder?«

Frank konnte die ganze Nacht nicht schlafen. Aber am nächsten Tag ging er zur Spurensicherung und fragte, ob an den Schuhen auch Aschereste gefunden worden waren. Waren gefunden worden, aber vergleichbar mit den Ascheresten oben auf dem Gipfel vom Loomkanden Berg. Da, wo man Verbranntes sichergestellt hatte.

»Und könnten die Aschereste auch aus Parcifal Wingenfelders Kamin stammen?«

»Bringen Sie uns eine Probe und wir prüfen das«, hieß es etwas nörgelig. Die Leute fühlten sich immer gleich auf den Schlips getreten, wenn man etwas forderte. Vor allem, wenn man ihnen indirekt unterstellte, etwas übersehen zu haben.

Frank fuhr zu Parcifals Haus und tütete Kaminproben ein. Ein bisschen fand sich immer, auch wenn er etwas weiter oben kratzen musste, denn Parcifal war reinlich.

Aber wenn er schon mal da war, konnte er ja noch ein wenig herumschnüffeln. Frank wusste, dass die Räume hier unten, oben und im Keller gründlich durchsucht worden waren. Er stieg auf den Dachboden. Hier standen nur wenige alte Möbel, eine alte Tretnähmaschine und ein alter Kinderholzstuhl aus Holz. Und ein Karton. Frank sah hinein. Und fand ein weiteres Parfümfläschchen. Drapée. Aber eine sehr altmodische Flasche, so in der Art, wie sie früher auch bei seiner Mutter auf dem Frisiertisch gestanden hatte. Mit Bommel am Verschluss. Offensichtlich ziemlich alt. Frank sah in das Fotoalbum hinein, das auch schon ein wenig muffig roch. Schwarz-Weiß-Fotos. Er konnte sich noch vage an Frau Wingenfelder erinnern. In jungen Jahren war sie ganz hübsch gewesen, stellte er fest. An Parcifals Vater erinnerte er sich nicht. Der war ja schon früh verstorben. Er betrachtete Parcifal als Zwei- und Drei- und Vierjährigen. Frank musste schmunzeln. Solche Fotos gab es von ihm auch. Parcifal hatte schon als Kind schief ausgesehen. Frank schaute auf ein Foto von Parcifals Vater, um zu ergründen, ob der auch gesichtsmäßige Schieflage zu verzeichnen hatte. Doch der Mann sah gerade aus. Also waren Gene vorheriger Generation Schuld. Doch dann krauste Frank die Stirn. Denn Parcifals Vater hatte ein Kind auf dem Arm, das eindeutig nicht Parcifal war. Frank nahm das Foto aus den durchsichtigen Fotoecken und betrachtete es genauer. Nein, das war nicht Parcifal. Frank drehte es um. Der Stempel eines Fotoladens nicht von hier aus der Gegend. Und dann drang etwas in sein Gehirn, was ihn vor Überraschung mit den Lippen schnalzen ließ. Er nahm das Fotoalbum, eilte aus dem Haus und fuhr in die Stadt.

23. Kapitel

Als sich Henri am achtzehnten August den beiden Kriminalbeamten gegenüber sah, die ihn höflich baten, alles abzuschließen und ihnen zu folgen, machte er sich noch keine großen Gedanken. Das alles hatte er ja schon einmal durchgemacht.

Als man ihn dann damit konfrontierte, dass man unter seinen Schuhen Stroh von Herrn Wingenfelders Hausdach sichergestellt hatte, gab er an, dort gewesen zu sein, um Parcifal bei Ausbesserungsarbeiten am Dach wegen Marderschäden zu helfen. Als man ihn fragte, ob er auch im Haus gewesen sei, log er natürlich. Und mit der Lüge hatten sie ihn. Denn bei der zweiten Durchsuchung im Flur von Parcifals Haus hatte man nicht nur Stroh gefunden, sondern auch Aschereste aus Parcifals Kamin. Vor der defekten Vertäfelung. Und diese Proben stimmten mit Henris Stiefelmaterial überein.

Während er noch im Verhörraum hockte, fiel eine ganze Kompanie von Spurenspezialisten über die Burg her. Natürlich fand man seinen geheimen Raum. Schon wenige Klopfgeräusche genügten den geschulten Ohren, um den Hohlraum zu entdecken. Denn wenn Henri Parfümfläschchen in Hohlräumen hinter einer Vertäfelung in Parcifals Wingenfelders Haus versteckte, konnte es auch hier in der Burg Geheimfächer geben. Da man an der Vertäfelung auch Marderhaare sicherstellte und so ein ausgestopftes Tier sich in diesem Raum befand, zählte man eins und eins zusammen. Der Rest war ein Kinderspiel. Man fand die Parfümfläschchen, die roten Samtbänder, einfach alles. Man brauchte nur noch eines von ihm – sein Geständnis.

Drei Tage später gestand er die Morde an fünf Frauen. Drei hier in Loomkanden, an seiner Ehefrau und einer Frau, die er einmal nachts mitgenommen hatte, als die per Anhalter an einer Raststätte stand. Diesen beiden Frauen hatte er aber die Samtbänder mit den Fläschchen nicht umgehängt. Bei der Anhalterin hatte er sie nicht dabei und befand sich viele Kilometer von zu Hause entfernt und bei seiner Ehefrau wollte er keinen Verdacht erregen.

Danach versuchte er einen Deal. Er behauptete, zu wissen, wo sich Isabel Glantz befinde. Die übrigens bald verdursten und verhungern würde. Er hatte ihr vor fünf Tagen Wasser und Lebensmittel gebracht. Aber jeden Tag, den er weiterhin hier saß, kostete es sie einen Lebenstag. Er hatte sie zufällig gefunden. Barbara Heitmann hatte sie versteckt.

Wenn er eine milde Strafe bekäme, würde er sich kooperativ zeigen und sagen, wo sie wäre.

Das brachte den Polizeiapparat zum Schwitzen und mir am einundzwanzigsten August die Freiheit. Denn an den Morden war ich ja nun unschuldig. Als Thomas Lederer mich aufsuchte und mir mitteilte, dass ich in wenigen Stunden entlassen würde, konnte ich es nicht glauben. Ich hatte mich allmählich zu sehr damit abgefunden, schuldig zu sein.

Nach ein paar Stunden zu Hause, die ich nicht genießen konnte, so fremd war mir alles geworden, musste ich mich noch einmal sehr zusammenreißen. Denn Henri hatte um etwas gebeten, was nur ich ihm erfüllen konnte. Er hatte seinen Deal mit dem Staatsapparat umgeworfen und stattdessen darum gebeten, mit mir eine Partie Schach zu spielen. Verlöre er, würde er sagen, wo sich Isabel befinde, teilte er mit. Mich wunderte es, dass er verlieren wollte, und als ich ihm gegenüber saß, sagte ich ihm das.

»Ach, Parcifal, hätte ich gesagt, ›wenn ich gewinne‹, hättest du schwach gespielt und mich gewinnen lassen. So strengst du dich jetzt wenigstens an. Also denk dran, du musst gewinnen. Ich brauche einen Gegner und keine Marionette.«

Meine erste Nacht in Freiheit zu Hause hatte ich schlaflos verbracht. Ich hörte Geräusche, die es in meiner Zelle nicht gegeben hatte und die mir völlig unbekannt erschienen, obwohl sie sonst Jahre davor immer da gewesen waren. Schon das Platschen der Wellen an den Steg ließ mich hochschrecken. Es knackte, es rumorte, es stöhnte das Strohdach. Jeden Moment rechnete ich damit, überfallen und gelyncht zu werden. Es war eine schreckliche Nacht. Und Henris Wunsch, mir von Frank überbracht, der frühmorgens an meine Tür klopfte, als ich endlich doch eingeschlummert war, zu erfüllen, kostete mich wirklich Überwindung. Frank brühte mir einen starken Kaffee und musste mir fast befehlen, mit ihm zu kommen. Immerhin ginge es um Isabel Glantz, schimpfte er. Das solle es mir ja wohl wert sein, meine Füße in die Hand zu nehmen und endlich wie ein Mann zu handeln. Bei seinen letzten sechs Worten muss ich ihn angesehen haben wie ein Abbild des ›Schreis‹ von Edvard Munch, denn Frank wich zurück bis an meine Küchenwand und murmelte so etwas wie ein vages »Entschuldigung«.

Na gut, ich bin dann mit ihm mitgegangen. Was hätte ich auch sonst tun sollen. Als ich mein Haus verließ, war mir sehr eigenartig zumute. Ich trat auf den Steg und sah auf das Wasser hinab, das plätschernd die Bohlen umspülte. Ich kniete mich hin und hielt meine Hand ins Wasser. Es floss weich und warm durch meine Finger und irgendwie spendete es mir Trost. In der Sonne, die sich im Wasser spiegelte, glaubte ich, das Antlitz von Isabel zu erkennen. Sie streckte mir ihre Hände entgegen. Ich griff erschrocken danach und wäre fast ins Wasser gefallen.

»Parcifal, was machst du da? Willst du noch ein Bad nehmen oder was, du Wassermann?«, rief Frank und packte mich am Arm.

Reflexartig hatte ich mich abgestützt. Isabel war verschwunden. Das war mir an diesem Morgen wie ein ganz böses Omen erschienen. Ich hatte sie nicht retten können. Ein tiefes Verlustgefühl hatte sich in mir ausgebreitet, tieftraurig war ich Frank zum Gefängnis gefolgt.

Und nun dauert unser Spiel schon einen halben Albtraumtag. Ich war müde und mir brannten die Augen vor lauter Konzentration. Denn Henri ließ sich Zeit. Er genoss die Situation. Und er spielte gut. Ich geriet einige Male arg ins Schwitzen. Er merkte das und freute sich wie ein kleines Kind. Hätte ich nicht gewusst, dass er Frauen umgebracht hatte, wäre er mir nach wie vor äußerst sympathisch gewesen. So aber fürchtete ich mich beinahe vor ihm. Es war ja auch bizarr. Wir spielten um das Leben einer Frau. Hinzu kamen seine freundlichen Geständnisse, während er den nächsten Zug überdachte. Er erzählte haarklein, wie er die Frauen erwürgt hatte. Zärtlich ihren Hals umfasst und dann zugedrückt hatte. Danach hatte er sie ausgezogen und geduscht und geschrubbt, bis von dem Duft, der sie umgab, nichts mehr zu riechen war. Ihre Kleidung hatte er verbrannt. Er erzählte von der ungeheuren Erleichterung, die ihn übermannt hatte, wenn er als letzte liebe Geste das kleine Fläschchen um ihren Hals gehängt hatte. Sozusagen als Wiedergutmachung. Weil sie den Duft doch so liebten. Sie sollten ihn als Andenken mit in die Ewigkeit nehmen. Und um sicher zu gehen, dass sie die Fläschchen nicht verloren, hatte er die Körper in Plastiksäcke geschnürt.

»Als ich sie ins Wasser legte, Parcifal, sanft legte, verstehst du, wurde ich beinahe sentimental. Ich war nahe dran, sie mit Schwimmkerzen und einem musikalischen Ave Maria zu verabschieden. Aber wenn das jemand in der Dunkelheit gesehen oder gehört hätte.« Er schmunzelte. Mein Grauen bemerkte er gar nicht. Er liebte seine Geschichten, die er mit hingebungsvoller Stimme vortrug. Als hielte er eine Lesung. Und ich war der einzige Zuhörer. Normalerweise ist es oberste Schachetikette, den Gegner nicht zu stören. Henri wusste das, hielt sich aber nicht daran und ich hatte keine Wahl. Ich musste es ihm durchgehen lassen. Dieses Spiel war ja kein Übliches. Dass im Nebenraum Kriminalbeamte saßen und einer bei uns die Tür und mich bewachte, vergaßen wir beide. Während seiner Erzählungen musste ich höllisch aufpassen. Denn ich musste gewinnen, wenn ich Isabel retten wollte. Das war mein einziges Ziel. Diese arme, unschuldige Frau, die ich in meinen Keller gesperrt hatte und die seitdem ein Martyrium durchmachte. Ich wusste, wenn sie starb, würde ich für den Rest meines Lebens keine gute Minute mehr haben.

Er erzählte, wie er sich übers Dach in meinen Kamin hinuntergelassen hatte, und meinte, da müsste mal sauber gemacht werden. So emotionslos, als würde er über das Wetter fachsimpeln.

»Dein Loch hinter der Wandverkleidung habe ich gleich gefunden, Parcifal. Tut mir leid, dass ich das Fläschchen dort deponiert habe. Ich dachte aber, sie würden es nicht finden. Und du hättest dich irgendwann verwundert gefragt, wenn du den Stein reparierst hättest, was dort für ein Fläschchen liegt. Und dich an die Frauenleichen erinnert. Und dich für den Rest deines Lebens gefragt, was das nun zu bedeuten habe.« Dabei lachte er amüsiert. »Natürlich habe ich immer Handschuhe getragen. Die Scheißschuhe habe ich vergessen. Böser Fehler! Was die auch alles untersuchen, heutzutage, nicht wahr? Und was man alles findet. Stroh. Asche. Diese Antonia aus München. Meine Güte, die war aufdringlich, sage ich dir. Und stark. Die hat sich ganz schön gewehrt. Aber ich blieb natürlich Sieger. Frauen geben irgendwann auf.«

Ich hörte nur zu. Sagte nichts. Ich gab mir alle Mühe, ihn nicht als Verrückten einzustufen. Denn ich war überzeugt, dass er mir alles hatte in die Schuhe schieben wollen, um von sich abzulenken. Eigentlich blieb nur eine Frage: warum? Aber alles weigerte sich in mir, sie zu stellen. Meine Feigheit. Grundgütiger, was sonst!

»Ganz übel war auch Helen, die vor Barbara und vor Antonia. Du meine Güte, die hätte ich direkt vor dem Burgtor nehmen können, sag ich dir. In eisiger Kälte. Die hätte es noch genossen.« Dieses Mal grinste er verkniffen. »Sie bilden sich alle ein, ihr Parfüm reicht, um uns gefügig zu machen.«

Ich konzentrierte mich auf den nächsten Schachzug.

»Bist du es nicht auch so leid, Parcifal?«

Ich sah ihn konsterniert an.

»Nicht? Okay. Du nimmst alles, was du kriegen kannst, was?«

Dieses Mal lachte er obszön, und ich ließ mich hinreißen, zu sagen, dass ich jede Frau respektiere und nur körperlich lieben könne, wenn ich sie aus ganzem Herzen liebe.

»Ach, Parcifal, du bist eine seltene Spezies. Den nächsten Zug musst du übrigens sehr gut überlegen. Denk dran, du darfst mich nicht gewinnen lassen. Sonst ist es mit der schönen Isabel zu Ende.«

Er hatte recht. Sein dummes Gerede ließ mich unkonzentriert werden. Der letzte Zug war ein Fehler gewesen. Ich sah es und ärgerte mich. Jetzt musste ich wirklich überlegen, wie ich ihn übertölpeln könnte. Er beobachtete mich genau. Ich tat, als würde ich es nicht bemerken und bügelte meinen Fehler geschickt aus. Ich fragte mich, ob er eigentlich bereute, was er getan hatte. Es sah nicht danach aus. Mit keinem Wort und keiner Geste zeigte er Mitleid oder Reue.

Bei seiner nächsten Frage stieß ich fast das Brett vom Tisch. Drei Bauern purzelten über den Tisch. Henri stellte sie wieder auf ihren angestammten Platz und murmelte dabei: »J'adoube.«

Ohne die Äußerung hätte er meine Figuren schlagen können, denn berührt ist geführt. Und dann sagte er etwas, was mich erschütterte. Ein Gefühl bemächtigte sich meiner, wie ich es noch nie erlebt hatte.

Denn Henri fragte, ohne mit der Wimper zu zucken: »Sag mal, diese Isabel. Ist das so eine Frau mit der du ...?«

Ich weiß heute nicht mehr, wie ich, ohne das Gesicht zu verziehen, meine Augen auf das Schachbrett gerichtet, murmelte: »Vielleicht.« Ich bekam plötzlich panische Angst, dass er auch sie umgebracht haben könnte. Lebte sie nicht mehr? War dieses dämliche Spiel nur eine Farce von ihm?

»Ist sie nicht zu jung für dich? Sie sieht so kindlich aus«, tönte es.

Plötzlich dröhnte mir Isabels Stimme in den Ohren: »Warum sind Sie eigentlich nicht verheiratet?«

Oh, Gott, warum war ich es eigentlich nicht? Idiotischerweise kam mir der Gedanke, dass ich Isabel gerne heiraten würde. Das brachte mich vollends durcheinander. Ich versuchte krampfhaft auf dem Teppich zu bleiben, weil ich Henris lauernden Blick auf mir spürte. »Ja, ich glaube, sie ist zu jung.« Mehr brachte ich nicht über die Lippen. Diese Äußerung ließ mich tatsächlich etwas schwindelig werden.

»Du bist am Zug, Parcifal.« Er hatte sich in der Gewalt. Mein Gott, ich bewunderte ihn beinahe für seine Coolness. Was mich sofort verärgerte.

Ich zog die Dame. Er runzelte die Stirn. Damit hatte er nicht gerechnet. Ich kam mir großartig vor. Ich glaube, zum ersten Mal in meinem Leben.

»Du bist wirklich gut, Parcifal«, murmelte er. »Tststs. Weißt du was, Parcifal, wenn ich mich jetzt überhaupt nicht mehr anstrengen würde, könnte ich verlieren. Und du hättest deinen Sieg. Möchtest du das?«

»Nein, Henri. Ich möchte, dass du alles gibst. Schach ist kein Glücksspiel.«

Er sah mich an. Irgendwie – stolz? Ja, dieser Kommentar von mir schien ihm zu schmeicheln. Er nickte.

»Ich wusste, dass du so bist, Parcifal.«

Ich spürte, wie ich errötete. Und ärgerte mich. Das Kompliment eines Mannes machte mich verlegen. Allmählich bekam ich wirklich das Gefühl, nicht normal zu sein.

»Du weißt ja selbst, dass du nicht gerade was fürs Auge bist, nicht wahr, Parcifal? Ich meine, für diese geilen Luder da draußen. So wie diese

Barbara. Aber vielleicht sollten wir alle so aussehen wie du. Dann hätten wir unsere Ruhe vor den Weibsbildern. Höchstwahrscheinlich aber auch nicht. Denn unsere männlichen Teile sehen ja alle gleich aus und die Weiber wollen ja nur das.« Henris Worte und die Gleichgültigkeit in seiner Stimme ließen mich meine Finger verkrampfen. Ich blickte peinlich berührt den Wachmann an der Tür an, der mit mir einen undefinierbaren Blick tauschte.

Henri zog seinen Turm in die Gefahrenzone um meinen König.

Ich sicherte mit einem Läufer und wusste, dass ich meinen Springer verloren hatte. Er musste den Springer killen, tat es aber nicht, zögerte. Er genoss das Spiel. Ich merkte es an seinen leuchtenden Augen. Es war ja auch sein letztes Spiel in Freiheit. Bei diesem Gedanken tat er mir fast wieder leid. Idiotisch. Ich weiß.

»Stell dir vor, Parcifal, diese Barbara hat mich beinahe angefleht, mit ihr zu schlafen. Ich hatte meine Finger schon um ihren Hals gelegt. Da sagte die doch glatt, ›Henri, bevor du mich ganz umbringst, schlafe mit mir. Ein letztes Mal. Ich will es spüren. Danach kannst du mit mir machen, was du willst.‹ Irre, oder? Der war mit Sicherheit alles egal. Der war auch egal, wie du aussiehst, Parcifal. Die Hauptsache für sie war, sie bekommt noch was zwischen die Beine.«

Ich war geschockt und merkte, wie diese Wortstachel in mich eindrangen und schmerzten.

Er schlug meinen Springer. Ich presste meine Hände zwischen den Oberschenkeln zusammen, denn sie zitterten.

»Parcifal, du bist am Zug.«

Ich griff nach meinem Wasserglas und leerte es.

»Du bist blass, Parcifal. Brauchst du eine Pause? Die war aber nicht vorgesehen.« Henri winkte zu einem imaginären Fenster in der Wand und rief: »Könnten wir bitte etwas zu trinken bekommen? Danke.«

Kurz darauf öffnete sich die Tür, ein Beamter trat ein und übergab eine Wasserflasche an den Beamten, der wie ein Bodyguard unseren Ausgang bewachte. Ich nickte ihm dankend zu, als er mein Wasserglas nachfüllte. Diese kurze Szene brachte mich wieder ins Lot.

»Parcifal, du weißt, dass du einen entsetzlich wässrigen Händedruck hast, nicht wahr? Den musst du dir abgewöhnen. Die Menschen finden das ganz grässlich. Sie mögen dich nicht anfassen. Es fühlst sich an, als würde man in glitschige Algen fassen. Völlig substanzlos. Kaum hat man sie zu fassen, sind sie zerronnen. Hast du schon mal eine Qualle angefasst?«

Ich versuchte, meinen Verstand von Henris Gegenwart zu trennen. Ich attackierte seinen König mit meinem Springer und sagte: »Schach.« Ich weiß, es war überflüssig und nicht mehr up to date und meiner nicht würdig. Es zeigte meinen Ärger. Was mich natürlich sofort ärgerte, weil er mich sehr mitleidig ansah.

»Sehr cool reagiert, Parcifal. Im Grunde habe ich dich beschützt, als ich Barbara in den ewigen Schlaf schickte. So bist du frei für Isabel. Dir ist hoffentlich klar, dass Barbara Isabel hätte sterben lassen. Die war ihr im Wege. Sie war eifersüchtig auf die Kleine. Barbara hätte dich für den Rest ihres Lebens nicht mehr aus ihren Krallen gelassen. Jetzt brauchst du dir keinen Kopf mehr machen. Du hast freie Bahn. Wenn du Isabel überhaupt willst, nicht wahr?« Er brachte seinen König in Sicherheit.

Wenn ich mir diesen Tag heute, während ich es aufschreibe, wieder ins Gedächtnis rufe, weiß ich nicht, wie ich ihn überstanden habe.

Wir spielten seit fünf Stunden und ein Ende war nicht in Sicht. Ich versuchte krampfhaft, ihn matt zu setzen, um endlich zu erfahren, wo sich Isabel befand. Irgendwie hatte ich das Gefühl, sie sitze neben mir und bitte mich flehentlich, dem Ganzen hier ein Ende zu machen.

Aber Henri hatte in den vergangenen Monaten gelernt. Er spielte besonnen und überlegt. Ich bekam beinahe Angst, nicht zu gewinnen. Was dann? Würde er, wenn er das Spiel gewann, nicht sagen, wo Isabel sich befand? Der zunehmende Druck setzte mir zu.

»Du, Parcifal, Barbara meinte übrigens, dass sie deine Stimme so faszinierend findet. Ich übrigens auch. Erzähle mir bitte eine Geschichte, während du überlegst, mit welchen Zügen du mich matt setzen könntest. Dir fehlt dein Turm sehr, nicht wahr?«

Ja, er hatte recht. Mein zweiter Turm fehlte mir, um Henri in eine aussichtslose Position zu manövrieren.

Ich sah ihn an und brummte: »Eine Geschichte? Ich weiß keine.«

»Hat dir deine Mutter keine Gutenachtgeschichten vorgelesen, wenn sie dich ins Bett gebracht hat? Nein? Nun, meine mir auch nicht. Meine hatte nur Männer im Kopf. Trotzdem liebte ich sie. Söhne lieben ihre Mütter, nicht wahr?«

Ach, du liebe Güte. Ich musste überlegen und mich konzentrieren und wollte mir nicht ins Gedächtnis rufen, was meine Mutter mir für Geschichten erzählt hatte.

Doch ich kam aus dieser Nummer raus, ohne mir etwas ausdenken zu müssen, denn Henri fuhr fort: »Weißt du übrigens, dass dieser blinkende Froschanhänger deinem Vater gehörte? Der Antonia gehörte der nicht. Bei der baumelte ein Engelchen am Rucksack. Hat sie auch nicht beschützt. Ich habe ihn auf deinen Weg gelegt. Als ein Zeichen, verstehst du? Ich wusste, du würdest ihn finden, wenn du nach Hause gehst.« Er lachte gurgelnd.

»Meinem Vater? Wie kommst du denn auf so einen Schwachsinn? Mein Vater ist seit fünfundvierzig Jahren tot, Henri. Jetzt mach mal einen Punkt. Es reicht mit deinem Gespinne. Komme mir jetzt nicht mit irgendwelchen

Utopien, nur um mich zu verwirren. Und woher weißt du überhaupt, dass ich ihn gefunden habe?«

»Ach, hast du? Jetzt habe ich dich reingelegt. Ich wusste nicht, dass du ihn tatsächlich gefunden hast. Fiel mir nur gerade ein, dass ich dich das immer noch fragen wollte.«

Ich schluckte. »Dann hast du sicher auch das rote Samtband auf meinem Steg platziert?«

»Ein rotes Samtband? Nein, das war ich nicht.«

Nach dieser Antwort riss ich mich zusammen und zog einen meiner verbliebenen Bauern in eine für ihn gefährliche Position. Aber aussichtslos war für sie ihn noch nicht. Wenn er jetzt einen Fehler machte, konnte ich ihn aber in drei Zügen Schachmatt setzen. Aber er erkannte meine Finte und sicherte geschickt mit seinem Läufer. Doch den war er mit meinem nächsten Zug los. Ich sah ihn bei diesem Zug nicht an, denn mich beschäftigte, was jetzt von ihm kommen würde. Wenn er es nicht mit dem Samtband gewesen war, wer dann?

»Hast du Feinde?«, fragte er.

Wie immer brachten mich seine Worte aus der Fassung. »Nicht, dass ich wüsste.«

»Diese Barbara. Sie war doch hinter dir her wie der Teufel hinter 'ner Seele. Kotzte das ihren Mann nicht an? Na, ja, vielleicht war er ganz froh, sich nicht mit ihr abgeben zu müssen.«

Schon überlegte ich, ob Holger mich als Feind betrachtete. Bei unserem letzten Gespräch im Amt war er schon ziemlich misstrauisch gewesen. Ich war mir aber nicht sicher, ob er so weit gehen würde, mir irgendetwas anzulasten und mir Beweise für Morde unterzujubeln.

Ich dachte das nicht zu Ende, denn ich bemerkte, dass Henri seine Dame in eine Position brachte, die mich mit Sicherheit meine kosten würde, um meinen König zu retten.

Sein »Gardez« kam triumphierend. Da dieser Ausdruck eigentlich veraltet ist und nicht mehr benutzt wird, ärgerte ich mich. Ich wusste sofort, es war eine Retourkutsche für mein »Schach.«

Als er sie einkassierte, griffen seine Finger ganz zart nach ihr und platzierten sie äußerst behutsam vor sich. Ich konnte meinen Blick kaum von seinen Fingern abwenden, weil mir klar wurde, dass er damit den Frauen ihren Tod gebracht hatte. Ich sah Bilder, die mich mehrmals meinen Kopf schütteln ließen, um sie wegzukriegen.

Sein Sieg dauerte nicht lange an, weil ich es mit meinem Bauern geschafft hatte, in seine achte Reihe einzudringen und nun meine Dame zurückforderte. Er lächelte eigenartig, als er sie wieder aufstellte und den Bauern an sich nahm. Ich sah sehr deutlich, dass sich eine Situation herauskristallisierte, die auf ein Remis hinaus lief. Wir hatten beide nur noch wenige Figuren.

Eine Rochade war bei ihm und bei mir nicht mehr zulässig, weil König und Turm bereits bewegt worden waren. Außerdem hatte er bereits zweimal dieselbe Stellung mit denselben Zugmöglichkeiten ausgeführt, also eine ziemlich aussichtslose Situation für ihn. Für mich natürlich auch. Weil wir uns beide totlaufen würden. Es würde endlos so weitergehen.

»Bestimmt überlegst du gerade, ob ein Remis Auswirkungen darauf haben könnte, ob ich Isabels Aufenthaltsort bekannt gebe, oder nicht?«, fragte er, als hätte er meine Gedanken gelesen.

Ich nickte kaum merklich. Er sollte nicht merken, wie wichtig mir die Antwort von ihm war.

»Es wäre einfacher für Isabel, du gewinnst«, lächelte er. Daraufhin sahen wir uns lange in die Augen. Ich werde diesen Moment nie vergessen.

Und dann, ganz plötzlich, zog er seinen König aus der Deckung. Mein Springer hatte ihn. Er war Schachmatt.

Hätte er diesen Zug nicht vollzogen, hätten wir ein Remis vereinbaren müssen. Im Grunde genommen hatte er mir gerade den Sieg geschenkt. Als ich Henris König sanft aus dem Spiel nahm, reichte ich ihm die Figur und unsere Finger berührten sich.

»Du warst ein würdiger Gegner, Henri. Ich bin – beeindruckt.« Er griff nach meiner Hand und hielt sie fest. Ich gebe zu, es war mir unangenehm. Noch nie hatte ein Mann meine Hand so festgehalten.

»Jetzt gibst du mir gerade einen ordentlichen männlichen Händedruck, Parcifal. Deine schlapprige Wasserpatsche scheint ausgedient zu haben. Isabel befindet sich übrigens auf dem alten stillgelegten Militärgelände. In einem Bunker. Der Dritte rechts, wenn man das Gelände betritt. Die letzte Tür.« Er senkte seine Augen, die mich die ganze Zeit angesehen hatten. Er ließ meine Hand los und erhob sich. »Ich glaube, du bist der einzig Anständige in diesem ganzen Spiel. Leb wohl, Parcifal.«

Der Beamte brachte ihn hinaus. Ich blieb noch lange vor dem Schachspiel sitzen und starrte auf die Figuren. Meine Fratze spiegelte sich in der Oberfläche des marmornen Brettes. Und ich gebe zu, es tropfte. Als ich endlich aufstand und ging, war ich eine Marionette ohne Hirn und eigenem Antrieb.

24. Kapitel

Zwei Tage später besuchte ich Isabel Glantz im Krankenhaus. Dass mich das eine ungeheure Überwindung kostete, muss ich ja nicht extra erwähnen. Ich brauchte beinahe eine Stunde, um überhaupt an der Information zu fragen, wo sie lag. Und dann musste sie erst gefragt werden, ob sie mich überhaupt sehen wolle. Sie wollte.

Ich hatte panische Angst vor ihr. Bis mein Blumenstrauß in einer Vase Platz genommen hatte, stand ich herum und wagte weder mich zu rühren noch etwas zu sagen. Sie machte den Anfang, wofür ich ihr heute noch dankbar bin.

»Herr Wingenfelder. Vielen Dank, dass Sie mich besuchen. Was für eine Geschichte, nicht wahr?«

Ich nickte zustimmend. »Wie geht ... wie um Gottes Willen geht es Ihnen, Frau Glantz?«

»Ich lebe.«

Ich merkte, dass diese zwei Worte sie ungeheure Überwindung kosteten. Ihre Stimme hatte einen dunklen Unterton, den ich niemals vergessen werde. So, als würde jemand aus einem Grab heraus versuchen, das Grauen an die Oberfläche zu würgen. Ich wagte es nicht, mir auch nur annähernd vorzustellen, was sie in diesem Bunker mitgemacht haben musste.

»Wenn ich auch nur annähernd ...«, stotterte ich.

»Ich weiß. Ich habe übrigens ausgesagt, dass Sie mir im Grunde nie etwas getan haben. Sie waren damals völlig überfordert mit mir. Und was danach passierte ... nun dafür können Sie nichts, nicht wahr. Dass dieser Henri Langhans so viele Frauen umgebracht hat! Schrecklich. Mir hat er Gott sei Dank nichts getan.« Sie hatte sich gefangen.

Ich sparte mir den Kommentar, dass sie weder mit Drapée behaftet noch altersmäßig in sein Opferschema gepasst hatte. Ich wagte mir gar nicht auszumalen, was passiert wäre, wenn diese Merkmale auf sie zugetroffen hätten.

»Sie ... Sie sind jetzt wieder frei, nicht wahr?«, fragte sie.

Ich nickte. »Ich muss mich noch wegen Freiheitsberaubung verantworten. Ich hätte Sie nicht fesseln und knebeln dürfen. Es tut mir so leid. Ich schäme mich entsetzlich dafür. Ich hoffe, Sie können mir irgendwann vergeben. Ich bin gekommen, um mich in aller Form dafür bei Ihnen zu entschuldigen.«

»Danke. Es war einfach alles sehr unglücklich. Ich komme wieder auf die Beine, so wie es aussieht. Ich habe hier eine sehr nette Ärztin, die lange Gespräche mit mir führt. Das wird sie auch noch tun, wenn ich entlassen werde. Die Seele heilt nicht so schnell wie der Körper, sagt sie. Damit hat sie wohl recht. Ich konnte im Bunker über vieles nachdenken. Ich glaube, ich habe mich Ihnen damals gegenüber sehr schamlos benommen. Dafür möchte ich mich entschuldigen. Wenn ich mich Ihnen nicht so aufgedrängt hätte, wäre das alles gar nicht passiert.«

»Nun, und ich hätte Sie ins Krankenhaus bringen müssen, nachdem Sie sich den Kopf am Bettpfosten gestoßen hatten. Das war unverzeihlich von mir. Und Sie dann, nur weil Holger kommen wollte, in den Keller ...«

»Ach, Herr Wingenfelder. Ich hoffe, wir können das Ganze bald vergessen.«

Ich wollte mich verabschieden und reichte ihr die Hand. Und ich drückte zu. Henris Worte in Bezug auf meinen wässrigen Händedruck verfolgten mich. Aber sie ließ mich nicht los. Hielt meine Hand fest. Ich sah sie an. Sie sah mich an. Unter ihrem Blick wurden meine Beine weich wie Butter.

»Parcifal ... darf ich dich duzen?«

Ich dachte: Huch! Antwortete aber wirklich erfreut: »Isabel! Ja, gerne. Wenn Sie, ähm, wenn du das möchtest. Ich meine, nach dem, was ich dir alles angetan habe. Ich …«

»Nicht! Du, Parcifal, wenn ich hier raus bin, würde ich dich gerne einmal zum Essen einladen.«

Ich schluckte. »Oh. Isabel, das habe ich nicht verdient.«

»Unsinn. Parcifal, sag mal, magst du hierbleiben, bis ich eingeschlafen bin? Seit ich in diesem Bunker war, fürchte ich mich schrecklich. Ich mag einfach nicht alleine sein.«

Das arme Mädchen. Eine Welle von zärtlichstem Mitleid überflutete mich. Dass ich von ihr so eine zutrauliche Bitte erhielt, ließ mich über mich hinauswachsen. »Oh, natürlich. Ich bleibe so lange hier, wie du möchtest.« Ich wundere mich noch heute, dass ich das zu ihr sagte.

»Wirklich? Auch die ganze Nacht?«, fragte sie etwas stockend und biss sich leicht auf die Lippen.

»Wenn du das wünschst, auch die ganze Nacht.« War das wirklich so aus meinem Mund gekommen? Ja, war es. Isabel hat es bestätigt.

Ich blieb die ganze Nacht und sah sie an. Wenn sie kurz aus ihren Albträumen erwachte und mich spürte, wurde sie ganz ruhig. Um Mitternacht herum legte ich mich zu ihr aufs Bett, weil ich mich nicht mehr auf den Beinen halten konnte. Ich versuchte, so weit wie möglich am Rand zu liegen, um sie nicht zu stören. Irgendwann lag sie in meinen Armen und als wir beide am Morgen aufwachten, und ich erschrocken aus dem Bett klettern wollte, hielt sie mich fest und sah mir in die Augen. Und sie lächelte. Das wunderschönste Lächeln, das ich je gesehen habe.

Ich blieb auch die folgenden Nächte bei ihr. Und erzählte ihr Geschichten. Alles was mir einfiel. Und ich kann selbst bis heute nicht glauben, was mir alles einfiel. Manchmal dachte ich, ich hätte sechsundvierzig Jahr lang geschwiegen, nur um jetzt alles erzählen zu können.

Und sie, sie wurde nicht müde, meiner Stimme zu lauschen. »Ich liebe deine Stimme, Parcifal. Vom ersten Tag an.«

Oh, was soll ich sagen? Was soll ich schreiben?

Sie schmiegte sich sogar an mich. Obwohl ich anfangs dachte, es wäre ein Versehen. War es aber nicht. Als sie mich das erste Mal küsste, kamen mir die Tränen. Und sie küsste sie fort. Du meine Güte. Ich spürte eine tiefe Geborgenheit, wie noch niemals in meinem Leben vorher.

Ich erhielt dank Isabels Aussage lediglich eine Bewährungsstrafe. Ich habe deswegen immer noch ein schlechtes Gewissen.

Im Finanzamt arbeite ich heute natürlich nicht mehr. Ich habe mich selbstständig gemacht und arbeite von zu Hause aus. Holger ist nicht so gut weggekommen. Er musste tatsächlich wegen Vergewaltigung ins Gefängnis. Ich habe ihn dort besucht. Mittlerweile hat er seine Strafe abgesessen. Wir haben viel geredet, sind aber keine Freunde mehr. Das wurde unmöglich. Denn Isabel wurde meine Frau. Sie hätte ihn nicht ertragen. Und ich ihn auch nicht. Er lebt alleine und hat jetzt den Hausmeisterposten oben auf der Burg von Henri inne.

Henri wird wohl für den Rest seines Lebens einsitzen. Ach, ich vergaß. Er ist mein Halbbruder. Mein Vater war vor meiner Mutter mit einer anderen Frau zusammen. Mit Henris Mutter, die eine gute Freundin meiner Mutter aus Kindheitstagen gewesen war. Als sie vor zwei Jahren starb, hinterließ sie Henri den blinkenden Froschanhänger, den mein Vater ihr einst geschenkt hatte und wenige Briefe, aus denen hervorging, dass Henris Vater noch einen Sohn hat. Mich. Mein Vater hatte meine Mutter geheiratet. Henris Mutter nicht. Die war mit ihrem Jungen weit weg gezogen. Mein Vater hatte sie aber besucht. Und bei einem dieser Besuche war er ums Leben gekommen. Er war während einer Fahrradtour in eine Kieskuhle gestürzt, weil am Fahrrad die Bremsen versagt hatten. Henri war damals neun Jahre alt, ich zwei.

Nach dem Tod seiner Mutter beschloss Henri, mich kennenzulernen. Er bekam heraus, wo ich wohnte. Von der Floristin, der ich meine Grabaufträge übermittelt hatte. Denn die Blumen auf dem Grab hatten ihn schon immer verwundert. Er hatte sich bei der Frau wohl eingeschleimt, ebenso wie er sich den Posten auf Burg Loomkanden erschlichen hatte, um in meiner Nähe zu sein.

Dass ihn so etwas wie Sehnsucht nach seinem Halbbruder hierher getrieben hatte, macht mich manchmal wirklich fertig. Und dass Sehnsucht die Ursache für so viel Leid war, erst recht. Ich denke viel über ihn nach. Ich habe ihn bis jetzt nicht wieder gesehen. Ich bringe es trotz der Verwandtschaft einfach nicht fertig, ihn zu besuchen. Aber Frank hält mich auf dem Laufenden und ich weiß, dass es ihm soweit gut geht und er im Gefängnis viel Schach spielt. Da haben wir wohl etwas gemeinsam. Von meinem Vater. Denn der hatte auch gerne gespielt. Das Schachspiel, mit dem ich zu Hause spiele, stammt noch von ihm.

Frank verdanke ich, dass meine Unschuld bewiesen wurde. Denn das Foto mit meinem Vater und Henri trug auf der Rückseite die Zeile: Fritz mit Henri. Fritz war mein Vater. Dass da noch ein Kind war, das Henri hieß, hatte bei Frank die Alarmglocken klingeln lassen. Und dann hatten Frank und die Soko alle Hebel in Bewegung gesetzt. Henri wurde verhaftet und überführt und ich befreit.

Frank wurde befördert und arbeitet jetzt in der Stadt bei der Kriminalpolizei. Er ist sehr stolz auf seine Karriere und meint immer, wenn wir uns sehen, dass er von Anfang gewusst hatte, dass ich es nicht sein könnte. Der liebe Frank.

Ich weiß immer noch nicht, wer ein rotes Samtband auf meinem Steg platziert hat. Ich vermute, es war doch Henri. Holger war es jedenfalls nicht gewesen. Hat er mir geschworen.

Ich habe mir vorgenommen, in diesem meinem Restleben nichts mehr zu verschweigen. Die Dinge beim Namen zu nennen, gleichgültig, wie schmerzvoll sie für mich und für andere sein mögen. Deshalb schreibe ich meine Geschichte auf. Diese ganze Geschichte hat mich verändert. Oder besser gesagt, ich möchte es glauben. Und ich hoffe, zum Positiven.

Isabel und unsere Kinder sind mein Leben. Ich habe für diese drei Menschen eine große Verantwortung. Und ich werde dafür sorgen, dass sie alle Liebe bekommen, die sie verdienen. Und meine Liebe für sie ist grenzenlos. Wie auch meine Dankbarkeit. Während ich schreibe, blinkt übrigens auf meinem Schreibtisch der kleine Froschanhänger. Frank hat ihn mir zurückgegeben. Er ist Mahnmal und Stern zugleich für mich. Ich weiß nicht, ob ich ihn wirklich mag. Manchmal denke ich, ich sollte ihn in einem Karton auf dem Dachboden verschwinden lassen. Aber holen einen die Dinge, die man auf dem Dachboden verschwinden lässt, nicht irgendwann wieder ein?

Ich habe Isabel meine Geschichte vorgelesen. Sie hat die ganze Zeit meine Hand gehalten.

»Du, Parcifal?«

»Ja, Liebes?«

»Schreib noch, dass ich dich liebe.«

Mach ich, natürlich.

*Seelen begegnen einander niemals zufällig.

*Neale Donald Walsch

***

Weitere Romane der Autorin:

Das Geschöpf – Jagd auf DNA

Das Mädchen Georgie trägt etwas Besonderes in sich. Durch einen speziellen genetischen Code lässt ihr Körper Organe nachwachsen. Das will sich der machtbesessene Industriemagnat Hendrik van Brouwers zu eigen machen. Er will ihre genetische Gabe für seine Zwecke nutzen. Um sein ultimatives Ziel zu erreichen, lässt er das Objekt seiner Begierde auf seine Felseninsel „Aspasia" entführen.

Georgies abenteuerliche Reise führt sie an Orte und zu Menschen, die ihr Leben beeinflussen. So sehr, dass ihre potentielle Unsterblichkeit sie in allergrößte Gefahr bringt.

9 783741 273155

VIKTORIA KLEIN

DAS GESCHÖPF
JAGD AUF DNA

ROMAN

VIKTORIA KLEIN
DAS GESCHÖPF - JAGD AUF DNA

VIKTORIA KLEIN

D.R.O.P.

THRILLER